La Vérité choque

La collection Rose bonbon... des livres pleins de couleur, juste pour toi!

La Vérité choque

Jane B. Mason
et Sarah Hines Stephens

Texte français de Louise Binette

Catalogage avant publication de Bibliothèque
et Archives Canada

Mason, Jane B.

La vérité choque / Jane B. Mason et Sarah Hines Stephens ;
texte français de Louise Binette.

(Rose bonbon)
Traduction de: Rumor has it.
Pour les 9-12 ans.

ISBN 978-1-4431-1103-4

I. Hines-Stephens, Sarah II. Binette, Louise III. Titre.
IV. Collection: Rose bonbon (Toronto, Ont.)

PZ23.M3795Vér 2011   j813'.54   C2011-900385-6

Édition publiée par les Éditions Scholastic,
604, rue King Ouest, Toronto (Ontario) M5V 1E1.

5 4 3 2 1   Imprimé au Canada 121   11 12 13 14 15

MIXTE
Papier issu de
sources responsables
FSC® C004071

La Vérité choque

Chapitre 1

— Audrey, le déjeuner est servi! lance une voix dans l'escalier.

— J'arrive!

Audrey Joubert finit d'enfiler son jean, met ses chaussettes en vitesse et noue ses cheveux bruns en queue de cheval. Puis elle dévale l'escalier quatre à quatre, se glisse à sa place à la table et prend une gorgée de jus. Une montagne de crêpes se dresse dans l'assiette devant elle, et Audrey en a déjà l'eau à la bouche. Les crêpes de sa mère sont imbattables.

— Il était temps, dit sa sœur aînée, Geneviève, assise à côté d'elle. Cinq secondes de plus et ces crêpes étaient toutes à moi.

Audrey sait que Geneviève ne plaisante pas. Elle est toujours la première à table le matin et, habituellement, elle en est déjà à sa deuxième assiette avant même qu'Audrey ait commencé la sienne.

— Non, à moi! réplique Dorothée, sa petite sœur, assise en face d'elle. À moi, à moi, à moi!

— Tiens, voilà pour toi, ma puce, dit la mère d'Audrey en faisant glisser une crêpe beurrée coupée en petits morceaux dans l'assiette en plastique de Dorothée.

Puis elle retourne à la cuisinière et demande à Audrey :

— Tu veux bien lui verser du sirop?

Audrey saisit la bouteille et fait couler un filet de sirop dans l'assiette de sa petite sœur.

— Tu peux me redonner du jus? demande Geneviève en soulevant son verre et en l'inclinant vers Audrey.

Celle-ci pose la bouteille de sirop et prend le contenant en carton en poussant un soupir. Elle remplit le verre à moitié et regarde sa sœur avaler le liquide d'un trait avant de lui tendre son verre pour une troisième portion. Audrey s'exécute, non sans jeter un regard glacial à Geneviève par-dessus le carton de jus.

— Audrey, passe-moi les serviettes de table s'il te plaît, dit son père sans même quitter son journal des yeux.

Audrey ferme le contenant de jus et passe le porte-serviettes à son père; pour la centième fois, elle regrette de ne pas être assise au *bout* de la table. Sa place est au milieu, bien entendu. Peu importe la situation, Audrey semble condamnée à être au milieu.

Elle n'est jamais première, comme Geneviève, et jamais dernière, comme Dorothée. Elle est née entre les deux et, apparemment, elle est destinée à rester à cette place.

Audrey lève subitement la tête lorsque l'horloge en forme de poule émet un gloussement. C'est presque l'heure de se rendre à l'arrêt d'autobus. Pas de temps pour du beurre. Rapidement, elle verse du sirop sur ses crêpes et en prend une bouchée. À la seconde où le morceau de crêpe touche ses lèvres, elle comprend que l'histoire se répète. Elle s'est assise devant une assiette chaude et délicieuse, mais lorsqu'elle peut enfin commencer à manger, son repas est froid. Enfin, pas exactement froid, mais plutôt tiède. Ouais... miam.

Audrey essaie de voir le beau côté des choses. Sa mère cuisine très bien. Des crêpes tièdes valent mieux que des céréales froides et des rôties. Elle sait pertinemment que la plupart des élèves de son âge doivent se contenter de cela... et encore.

Comme si on venait de lui faire signe d'entrer en scène, la meilleure amie d'Audrey, Camila Angelo, franchit brusquement la porte de la cuisine en faisant entrer un courant d'air froid.

— Oh! des crêpes! s'exclame-t-elle avec envie en regardant les assiettes sur la table.

Elle a les joues toutes roses à cause du froid, et elle est membre du club des céréales froides.

— Tiens, en voici une toute chaude, dit la mère d'Audrey en faisant glisser la crêpe dorée sur une assiette qu'elle tend à Camila. Audrey, tu veux bien lui passer le sirop?

— Je m'en occupe, madame Joubert, dit Camila.

Elle tire la chaise en face d'Audrey et s'empare de la bouteille de sirop.

— Cette crêpe est tellllement bonne! ajoute-t-elle en mâchant. Légère, chaude et parfaite!

Elle jette un coup d'œil à l'assiette de son amie à travers ses longs cils foncés.

— Les tiennes ont l'air un peu froides.

Elle pique une bouchée dans sa propre assiette et la tend à Audrey.

Cette dernière se penche au-dessus de la table et accepte l'offre. Effectivement, la crêpe *est* parfaite. Et chaude. Elle adresse un grand sourire à son amie de l'autre côté de la table. Il y a au moins *une personne* qui la fait passer en premier!

— Vous feriez mieux d'y aller, les filles, dit la mère d'Audrey. L'autobus sera là d'une minute à l'autre.

Audrey fourre les derniers morceaux de ses crêpes refroidies dans sa bouche. Exactement au même moment, et par pure coïncidence, elle et Camila repoussent leurs chaises, déposent leurs assiettes dans l'évier et filent dans le vestibule.

— Des souliers… dit Audrey en ouvrant brusquement le placard à la recherche d'une paire.

L'étagère croule sous les petites chaussures à lanières de Dorothée et sous les ballerines fantaisistes et les grosses bottes de Geneviève. Audrey finit par repérer ses propres bottes fourrées et y glisse les pieds. Elle se redresse, prend son manteau sur un cintre et l'enfile. Une tuque brun chocolat et des mitaines pelucheuses viennent compléter le tout.

— Je suis prête, annonce-t-elle.

Camila ouvre la porte, et le vrombissement caractéristique de l'autobus qui remonte la rue bourdonne dans leurs oreilles.

— On va devoir courir si on ne veut pas le manquer, dit Camila d'un ton découragé.

Les deux amies sortent dans le froid et se rendent au coin de la rue en haletant. Leur souffle forme des nuages de vapeur blanche tandis qu'elles courent, et une mince couche de neige craque sous leurs pas. Mais avant que le froid n'ait pu transpercer leurs manteaux d'hiver, elles sont déjà dans l'autobus et descendent l'allée, à bout de souffle.

— Un jour, commence Camila en se laissant tomber sur le siège, on devrait réellement profiter de l'arrêt d'autobus… Tu sais, cet endroit au coin de la rue où l'on est censé *attendre* l'autobus?

— Quelle bonne idée! approuve Audrey en descendant la fermeture éclair de son manteau. Mais au moins, de cette façon, tu fais un peu d'exercice.

— Ouais, dit Camila d'une voix traînante. Puisqu'il n'y a que les limaces comme moi qui ne jouent pas au volley-ball.

Audrey s'effondre sur son siège préféré, à côté de son amie préférée, et affiche un large sourire.

— Exactement! dit-elle, regrettant une fois de plus que sa meilleure amie ne fasse pas partie de l'équipe de volley-ball, comme elle.

Audrey et Camila vont à l'école ensemble depuis l'âge de six ans, et Camila est une amie parfaite. Elle n'est ni trop gentille ni trop méchante. Très fiable, elle est là quand Audrey a besoin d'elle, mais ne se montre jamais accaparante ni ennuyeuse. Dotée d'un redoutable sens de l'humour, elle sait toujours quand faire ou ne pas faire de blague. Audrey ne peut imaginer sa vie sans Camila, pas plus qu'elle ne peut imaginer s'asseoir à un autre endroit dans l'autobus.

Depuis presque aussi longtemps qu'elles sont amies, Audrey et Camila partagent le siège situé en plein milieu, du côté droit, et ce, dans tout autobus à bord duquel elles montent. Leur siège leur offre la meilleure vue à la fois à l'extérieur et dans l'allée, et il n'est ni trop loin à l'avant ni trop loin à l'arrière.

Audrey est une enfant du milieu, occupant le siège du milieu, avec une philosophie du juste milieu.

Au fond, Audrey est une fille ordinaire. Ses notes (des B), ses cheveux (bruns), ses yeux (bleus) et sa taille (1,50 m) viennent encore accentuer sa nature « moyenne ». Et même si cela la rend folle d'être coincée au milieu à l'heure des repas, la plupart du temps elle aime bien que les choses soient ainsi. Le fait d'être dans la moyenne lui permet de ne pas se démarquer ni d'une façon ni d'une autre.

Camila repousse derrière son oreille ses cheveux noirs mi-longs et fouille dans son sac.

— As-tu fait ton devoir de maths? demande-t-elle.

— Bien sûr.

Ne pas se faire remarquer veut dire aussi de ne pas s'attirer d'ennuis, en remettant des travaux en retard, par exemple. Audrey sort son devoir de sa chemise et le tend à Camila, qui aime bien comparer leurs réponses.

Camila vient à peine de trouver un crayon lorsque les freins de l'autobus grincent et qu'un courant d'air froid s'engouffre par la porte ouverte, en même temps qu'Isabelle Collard. Cette dernière s'assoit devant Audrey et Camila et se tourne vers elles.

— Salut, les filles, lance-t-elle d'une petite voix aiguë en déboutonnant son manteau de laine.

— Salut, Isabelle, marmonne Camila, un crayon serré entre les dents.

7

Elle pousse Audrey du coude et désigne la question numéro 15 de leur devoir. Elle a décelé un problème (deux réponses qui ne concordent pas), et il y a de fortes chances qu'il s'agisse d'une erreur d'Audrey. Celle-ci cherche sa gomme à effacer dans son sac à dos lorsque l'autobus s'immobilise de nouveau. C'est un arrêt inhabituel et inattendu.

Les feuilles de Camila s'envolent. Audrey tente d'en saisir une au passage, mais c'est raté. Lorsqu'elle ramasse enfin la feuille manquante, elle tend le cou pour voir ce qui se passe. Jamais auparavant l'autobus ne s'est arrêté à cet endroit et, à ce qu'elle sache, il n'y a rien d'anormal sur la chaussée. Peut-être qu'ils ont eu une crevaison? La conductrice va-t-elle descendre? Demandera-t-elle de l'aide par radio? Seront-ils en retard à l'école?

La réponse à ces trois questions est non. Mme Lessard actionne simplement le levier géant à côté de son siège.

La porte de l'autobus s'ouvre. Mme Lessard sourit, et une fille qu'Audrey n'a jamais vue grimpe les marches et s'arrête au bout de l'allée.

— Une nouvelle, siffle Isabelle.

— De toute évidence, lâche Camila à voix basse en s'efforçant d'effacer l'empreinte de la botte d'Isabelle sur son devoir de maths.

Audrey ne dit rien. Elle se contente d'observer la nouvelle qui avance d'un air confiant dans l'allée. Tous les élèves la fixent, mais elle ne bronche pas. Elle est grande (probablement en 1re secondaire) et porte un joli caban à pois ainsi qu'une tuque en laine pelucheuse. Son regard croise celui de chaque élève et, lorsqu'il se pose sur Audrey, celle-ci sourit.

La nouvelle lui rend son sourire. Ses yeux bleus se plissent et elle paraît sincèrement heureuse, comme si Audrey venait de lui faire un compliment. Elle n'a pas du tout l'air de quelqu'un dont c'est la première journée dans une nouvelle école... au milieu de l'année scolaire.

— Qui est-ce? demande Audrey à Camila tout bas.

Son amie s'affaire toujours à replacer ses feuilles.

— Je ne sais pas, répond-elle entre ses dents. Il me manque une page. Es-tu assise dessus?

Audrey se soulève légèrement pour permettre à Camila de jeter un coup d'œil, sans quitter des yeux la fille au manteau à pois.

La nouvelle se glisse sur un siège vide de l'autre côté de l'allée, une rangée derrière Audrey et Camila. Si elle n'était pas assise près de la fenêtre, Audrey se serait peut-être penchée dans l'allée pour se présenter. Pendant une seconde, elle songe à demander à Camila de changer de place avec elle; mais cette seconde suffit pour que tout un essaim de filles populaires installées à l'arrière vienne s'agglutiner autour de la nouvelle.

En un instant, la fille au manteau à pois est entourée, et l'autobus reprend le chemin de l'école.

chapitre 2

Une fois en classe, Audrey laisse glisser son sac à dos sur le sol et s'assoit à sa place. M. Moquin aime bien disposer les pupitres en cercle, alors il n'y a pas de rangée du milieu dans le local 3A. Ou peut-être qu'en fait, chaque place est située au milieu puisqu'elles font toutes face au centre et que personne n'est ni en avant ni en arrière.

Camila dépose bruyamment ses affaires sur le pupitre à la droite d'Audrey. À sa gauche, Tristan Maheu efface avec ardeur un de ses dessins sur le dessus de son pupitre sale. Audrey promène son regard dans la pièce à la recherche d'un manteau à pois, mais Maélie n'est pas là.

Même si elles sont descendues de l'autobus depuis à peine dix minutes et qu'elles ne se sont pas présentées, Audrey connaît déjà 1) le nom de la nouvelle : Maélie

11

Tellier; 2) l'endroit où elle habite : aux appartements du Vallon (provisoirement, le temps que sa famille trouve une maison); 3) d'où elle vient : la Colombie-Britannique; 4) Maélie est en 1re secondaire, comme elle le croyait; 5) elle n'est pas dans la classe de M. Moquin.

C'est étonnant de voir à quelle vitesse les élèves de l'école secondaire Hubert-Hudon peuvent recueillir de l'information quand ce n'est pas pour un travail scolaire.

— Elle est dans la classe de Mme St-Amand j'imagine, dit Audrey.

C'est en voyant le regard intrigué que lui jette Camila qu'Audrey s'aperçoit qu'elle a parlé à voix haute.

— Toi aussi? s'étonne Camila. Ça alors, c'est incroyable de voir tout le monde s'exciter autant quand un nouvel élève arrive. Cette fille est nouvelle, c'est tout. Ce n'est pas une extraterrestre, ni une agente du FBI, ni une vedette de rock.

— Je sais, dit Audrey.

En temps normal, elle serait parfaitement d'accord. C'est fou de voir les nouveaux élèves devenir de véritables célébrités durant leurs premières semaines à l'école, et ce, *uniquement* parce qu'ils sont nouveaux.

Et pourtant, étrangement, Audrey est extrêmement curieuse d'en apprendre davantage sur *cette nouvelle* en particulier. Si elle faisait la une d'un magazine, Audrey l'achèterait ou, du moins, elle lirait les légendes des photos en faisant la file au supermarché. Comme tout le monde à Hubert-Hudon, Audrey aime être au fait de tout ce qui se passe à l'école.

Heureusement, le téléphone arabe de l'école est encore mieux qu'un magazine à potins, et plus rapide qu'Internet. À l'heure du dîner, Audrey est au courant des toutes dernières nouvelles. En plus de connaître son nom, son âge et l'endroit d'où elle vient, elle sait maintenant que Maélie a été classée dans les cours avancés de mathématiques et de français, et qu'elle parle presque couramment l'espagnol. Elle est allée au Mexique avec sa famille durant la semaine de relâche, elle joue du violoncelle et ses cheveux tirant sur le blond frisent naturellement.

— OK, elle est douée pour certaines choses, dit Camila quand Audrey lui fait son rapport au dîner.

Elle hausse une épaule et enlève l'emballage de plastique qui recouvre sa paille.

— Dans une semaine, elle sera comme nous tous. Ordinaire.

Camila parle fort pour couvrir le brouhaha de la cafétéria.

— Attends, tu verras, ajoute-t-elle.

Elle perce son berlingot d'un coup sec et boit une gorgée.

— Je trouve qu'elle a l'air snob, lance Elsa Nichols.

Cette dernière dépose maladroitement son plateau à côté d'Audrey et de Camila, qui sont assises à une table près de la scène au milieu de la cafétéria. C'est leur place habituelle, et Elsa fait partie de leur groupe.

Elsa ouvre un contenant de compote de pommes qui gicle sur la main d'Audrey. Celle-ci cherche sa serviette de table pour s'essuyer et remarque qu'elle est tombée par terre. Elle se penche pour la ramasser et lorsqu'elle se redresse, Maélie se tient au bord de leur table. Audrey sent ses joues s'empourprer.

— Salut! Je m'appelle Maélie. Je peux m'asseoir avec vous?

Apparemment, elle n'a pas entendu le commentaire désobligeant d'Elsa. Elle sourit vaguement et reste plantée là avec son plateau en attendant une réponse. Elsa ne dit rien. Camila mâche. Audrey a du mal à parler, mais se pousse pour faire de la place à Maélie.

— Bien sûr, glapit Audrey enfin.

Elle exécute une petite danse victorieuse dans sa tête, ravie de cette chance inespérée de s'asseoir à côté de la nouvelle.

À vrai dire, elle est totalement surprise que Maélie ait voulu se joindre à elles. Leur table est bruyante et elles sont toutes tassées. De plus, jamais les élèves populaires ne s'y assoient, préférant leur propre table près de la fenêtre.

Justement, Audrey aperçoit du coin de l'œil la vedette en chef de l'école, Gloria Scott, qui agite la main de sa place à l'illustre table près de la fenêtre. De toute évidence, elle tente d'inviter Maélie à s'asseoir avec elle et les autres filles populaires. Gloria est plutôt gentille (c'est l'une des capitaines de l'équipe de volley-ball), et Audrey songe à transmettre l'invitation à Maélie. Mais elle se ravise et fait plutôt semblant de n'avoir rien vu, gardant les yeux rivés sur son repas chaud.

Une fois assise sur le banc, Maélie expire comme si elle venait de franchir la ligne d'arrivée d'une épreuve quelconque.

— Merci, souffle-t-elle. J'ai tellement hâte de ne plus être la nouvelle.

Audrey est surprise d'entendre ça. Maélie donne l'impression de bien s'accommoder de toute cette attention. Mais apparemment, en son for intérieur, ça ne lui plaît pas beaucoup. Sans qu'elle sache trop pourquoi, cette révélation rend Maélie encore plus sympathique aux yeux d'Audrey.

— Et j'ai hâte de pouvoir m'y retrouver parmi tous ces locaux. Votre école est bien plus grande que mon ancienne école à Vancouver.

Maélie sourit, et Audrey en fait autant. Elle admire la façon dont Maélie parvient à transformer une plainte en compliment.

Assise à côté de Camila, Isabelle se penche au-dessus de la table.

— Tu viens de Vancouver? demande-t-elle, bien qu'elle le sache.

Maélie hoche la tête comme s'il s'agissait d'un détail insignifiant.

— Ouais. Mon père a été muté, explique-t-elle. Et ma mère travaille de la maison. Elle peut donc aller n'importe où, alors... nous voilà.

— Comment c'est? demande Elsa.

Audrey lui jette un regard surpris. Manifestement, elle ne trouve plus Maélie si snob.

— Je veux dire... Vancouver? précise Elsa.

— Plutôt pluvieux, répond Maélie avec un haussement d'épaules.

Audrey se dit qu'elle ne veut pas impressionner la galerie.

— Mais je peux vous dire une chose : l'hiver est beaucoup plus froid ici, ajoute Maélie en frissonnant.

Elle n'a pas enlevé son manteau ni sa tuque, même s'il doit faire plus de 27 degrés dans la cafétéria où flotte une odeur de hot-dogs.

— Il fait froid parfois là-bas, mais pas comme ici. Il ne neige jamais autant à Vancouver.

— Mais tu es prête à affronter l'hiver, réplique Camila en hochant le menton pour désigner la tuque en laine pelucheuse de Maélie.

— Oui, elle est tellement belle, renchérit Isabelle.

Le visage de Maélie s'éclaire.

— Merci! Je l'ai tricotée moi-même en venant de Vancouver jusqu'ici. J'ai appris à tricoter toute seule, dernièrement.

Rayonnante, elle porte la main à sa tuque pour effleurer la laine duveteuse et multicolore.

— Je l'enlèverais bien pour vous la montrer, mais vous savez de quoi on a l'air quand on enlève une tuque...

Toutes les filles acquiescent, et Audrey lui rend son sourire encore une fois. Curieusement, elle se sent trop timide pour parler, et elle ne comprend pas pourquoi. Heureusement, ce n'est pas grave. *Maélie n'est pas du tout snob,* conclut Audrey en reportant son regard sur son plateau. Elle semble même très gentille : tout à fait le genre de fille avec qui elle se lierait d'amitié.

— Alors, est-ce que le dîner est toujours bon comme ça?

Maélie entrouvre son pain à hot-dog et jette un coup d'œil à l'intérieur, reculant légèrement comme si ce qui se cachait dans la moutarde allait la mordre.

— Oh oui! Attends de voir les tacos du mardi, dit Camila d'un ton pince-sans-rire.

— *Muy delicioso?* demande Maélie en haussant un sourcil, l'air sceptique.

— *Sí!* dit Camila en arborant un sourire feint tout en secouant la tête.

Tout le monde éclate de rire.

— Dans ce cas, tout n'est pas si différent ici, conclut Maélie en riant.

17

Buvant son lait à même le berlingot, Audrey observe Maélie qui plaisante aisément avec ses voisins. Elle a tout pour elle : elle est amicale, brillante, trilingue, en plus de tricoter ses propres tuques...

Audrey se rend compte qu'elle aimerait beaucoup, beaucoup devenir son amie.

Chapitre 3

Le bruit des quelque 350 élèves du premier cycle envahit les couloirs de l'école secondaire Hubert-Hudon, étouffant complètement l'annonce que M. Simard tente de faire à l'interphone. Audrey n'entend rien, trop occupée à se frayer un passage jusqu'à son casier parmi le flot d'élèves qui déferle. Elle doit aller chercher son sac de sport, et elle s'en veut de ne pas l'avoir apporté avec elle à son cours de sciences, le dernier de la journée.

Si elle l'avait fait, elle serait déjà presque prête pour l'entraînement de volley-ball à l'heure qu'il est. Mais voilà qu'elle se retrouve plutôt en train de paniquer à l'idée d'être en retard. Ce qui l'agace, ce n'est pas de devoir faire quelques tours de gymnase de plus, mais bien la façon dont l'entraîneur prononce son nom quand il est irrité.

— Audrey! Audrey Joubert!

Elle peut presque l'entendre. Mais… un instant. Elle *l'entend!* Seulement, la voix qui répète son nom n'est pas celle de M. Marcotte, l'entraîneur. C'est celle de Camila.

— Tiens. Je suis allée chercher ton sac pour toi. Je sais que tu détestes être en retard.

Camila lui donne le sac.

— Tu me remercieras plus tard, dit-elle en faisant pivoter Audrey et en la poussant doucement vers le gymnase.

— Merci! lance Audrey par-dessus son épaule dans le couloir bondé.

Au retour du congé des Fêtes, Audrey n'avait pas très envie de jouer au volley-ball. Mais ses parents tenaient à ce qu'elle s'inscrive à une activité parascolaire. Audrey considère que c'est la faute de sa sœur aînée, Geneviève, qui s'inscrit à tout (et excelle dans tout). La façon dont Audrey perçoit les activités parascolaires (comme des activités facultatives) semble complètement anormale aux yeux de son père et de sa mère. Ils ont insisté pour qu'elle en choisisse une et qu'elle y participe jusqu'à la fin de l'année.

Ainsi, après une courte période de réflexion, Audrey a opté pour le volley-ball. Et au grand étonnement de tous, elle adore ça. Après seulement trois semaines, Audrey a beaucoup de plaisir à jouer. Elle aime bien faire partie d'une équipe, et elle s'améliore un peu à chaque entraînement. Il est évident qu'elle n'est pas la meilleure joueuse de l'équipe, mais elle n'est pas la pire non plus. Surprise! Elle occupe la position… du milieu.

Le seul point négatif à propos du volley-ball est que Camila lui manque. Les heures d'entraînement empiètent sur le temps qu'elles passent ensemble, et elle a eu beau essayer, elle n'a pas réussi à convaincre Camila de se joindre à l'équipe.

« Je me fais facilement des bleus, j'ai une mauvaise perception du relief. Je vais me casser le nez », lui a dit Camila.

Heureusement, Camila ne voit pas d'objection à être spectatrice. Audrey peut compter sur son amie pour assister aux matchs, pour l'encourager dans les gradins et comme aujourd'hui pour livrer in extremis son sac de sport, afin qu'elle soit à l'heure à l'entraînement.

Audrey laisse tomber son sac à dos plein de livres dans le vestiaire du gymnase, envoie valser ses bottes dans le fond du casier en métal et sort ses vêtements de sport. Elle est en train d'enlever son jean lorsqu'elle aperçoit du coin de l'œil Maélie qui semble avoir froid en short et en camisole.

Audrey se retient pour ne pas y regarder à deux fois. Elle sent l'excitation monter en elle. On dirait bien que Maélie s'est inscrite au volley-ball!

Audrey fait mine de se concentrer sur sa tenue d'entraînement et analyse la situation. Le volley-ball sera l'occasion parfaite d'apprendre à mieux connaître Maélie, loin du chaos de la cafétéria. Il n'y a que onze autres filles dans l'équipe, alors qu'il y en a presque une centaine en 1re secondaire. Les chances qu'elles puissent bavarder sont plutôt bonnes.

— Hé! commence Audrey en s'efforçant de ne pas paraître aussi nerveuse et excitée qu'elle l'est réellement. Est-ce que tu...

Bang! La porte qui relie le vestiaire au gymnase s'ouvre brusquement. Les deux capitaines, Gloria et Sara-Maude, font irruption dans la pièce vêtues de survêtements assortis marron et or, les couleurs de l'école.

— C'est super que tu te sois inscrite au volley-ball! s'écrie Sara-Maude d'une petite voix perçante.

— Je parie que tu avais l'habitude d'y jouer à ton ancienne école, ajoute Gloria d'un ton admiratif.

Sans attendre de réponse, elle saisit le bras nu de Maélie et entraîne la nouvelle vers le gymnase.

— Viens! Nous allons te présenter à l'équipe.

Les trois filles passent juste devant Audrey, qui frissonne toujours dans son tee-shirt. Elle a la réponse à sa question : Maélie s'est bel et bien jointe à l'équipe. Mais avec Gloria et Sara-Maude dans les parages, les chances d'Audrey de se rapprocher de Maélie seront plutôt minces. Les deux capitaines savent monopoliser la conversation.

La voix forte de Gloria se répercute dans le vestiaire, même après son départ.

— Quelle est ta position préférée? Je parie que tu seras notre nouvelle joueuse étoile. Tu es tellement douée pour tout!

Audrey enfouit ses vêtements dans le minuscule casier, claque la porte et la pousse un bon coup pour bien la fermer. Elle aussi a l'impression d'être confinée dans un endroit trop petit. Pourquoi veut-elle parler à Maélie à tout prix? Camila a peut-être raison : elle s'est emballée parce que Maélie est nouvelle. Elle doit se ressaisir.

Perdue dans ses pensées, Audrey entre dans le gymnase d'un pas traînant. Le grincement des chaussures de sport sur le bois poli ainsi que l'écho de la voix de M. Marcotte la ramènent subitement à la réalité. L'équipe fait déjà des tours de gymnase, mais l'entraîneur n'a pas remarqué qu'elle était en retard.

Audrey se met à courir autour du terrain de basket-ball à la suite des filles qui passent devant elle. Le bruit des chaussures martelant le sol crée un rythme syncopé tandis qu'Audrey se faufile aisément parmi ses coéquipières. Elle porte son regard au-delà des épaules et des queues de cheval qui se balancent devant elle, jusqu'aux deux capitaines bavardes de chaque côté de Maélie. Le trio ouvre la course. Tandis que ses pieds frappent lourdement le plancher de bois luisant, Audrey se demande comment ce serait d'être la première, là-bas, en avant. On doit certainement avoir une meilleure vue. Mais est-ce que tout le monde s'attend à ce que l'on donne l'allure, ou nous défie et nous force à courir plus vite qu'on le voudrait?

À la maison, Audrey laisse Geneviève être la première. Celle-ci étant née la première, c'est plutôt logique qu'elle fasse également tout la première. Bien entendu, Geneviève étant... Geneviève, elle ne s'est pas contentée d'apprendre à marcher ou à monter à bicyclette avant ses sœurs. Elle est aussi la première choisie dans n'importe quelle équipe, la première à franchir toutes les lignes d'arrivée, la première qui a osé exécuter un saut périlleux sur le tremplin, et la première ayant obtenu un rôle dans la pièce de l'école (le premier rôle, bien sûr). En général, lorsqu'elle est assise sur un banc, dans un fauteuil de l'auditorium ou sur le bord de la piscine à observer Geneviève, Audrey est reconnaissante que quelqu'un d'autre soit en vedette. Cela réduit le stress. N'empêche que de temps à autre, elle se demande si la vue est plus belle d'en haut et si c'est plus agréable d'être sous les feux de la rampe.

Trois tours de gymnase plus tard, les filles se dispersent de chaque côté de deux filets pour faire des volées. C'est l'échauffement préféré d'Audrey parce qu'il n'y a pas de règles; elles travaillent simplement ensemble pour garder le ballon dans les airs à l'intérieur du terrain.

Le ballon en cuir blanc bondit d'une fille à l'autre sans qu'Audrey ne le quitte des yeux. Il passe par-dessus le filet et est retourné à coups de manchette. Audrey s'avance vers le ballon qui vient vers elle et le laisse rebondir sur ses avant-bras serrés pour former une surface plane... Mais voilà, ils ne forment pas une surface plane. Le ballon est projeté vers la gauche. Une fille plonge du même côté. Maélie doit glisser sur ses genoux pour tenter de récupérer la manchette ratée d'Audrey, et elle y parvient juste avant que le ballon ne touche le sol.

Audrey recule. Elle était tellement perdue dans ses pensées que, jusqu'à ce que Maélie parvienne à garder le ballon en jeu, malgré sa passe manquée, Audrey ne s'était pas rendu compte qu'elle jouait juste à côté d'elle.

— Bon coup! s'écrie Sara-Maude sur la ligne de fond.

Audrey se demande si c'est une critique à son endroit ou des félicitations pour Maélie. Cette dernière hoche légèrement la tête, acceptant le compliment. Et lorsque leurs regards se croisent, Maélie lui sourit comme elle l'a fait à la cafétéria et dans l'autobus.

— Audrey, lève la tête! lance Nora Olivier, une autre de ses coéquipières.

Le ballon est toujours dans les airs, et Audrey lève les yeux juste à temps pour le voir voler dans sa direction.

Corrigeant la position de ses poignets, elle attend, prête à envoyer le ballon à Maélie de façon convenable, cette fois. Tout ce qu'elle doit faire, c'est exécuter une belle manchette. Mais au lieu d'attendre que le ballon touche ses bras tendus, elle s'élance et le frappe fort; une douleur cuisante se répand dans ses avant-bras tandis que le ballon vole à l'autre bout du gymnase.

— Oh! Super, dit-elle à voix basse.

Audrey serre les lèvres, déçue, et regarde le ballon heurter le mur du fond.

Elle voudrait rentrer sous terre, embarrassée et convaincue que tout le monde est agacé par son manque de précision.

— Dis donc, tu as beaucoup de puissance, fait remarquer Maélie.

Elle se penche pour remonter ses chaussettes pendant que Tamara Grisé court chercher le ballon à l'autre bout du gymnase.

— Je ne crois pas que je pourrais envoyer le ballon aussi loin avec une manchette, ajoute-t-elle.

Venant de quelqu'un d'autre, ce commentaire aurait pu être considéré comme ambigu, mais le sourire de Maélie est sincère. Audrey sent son rythme cardiaque revenir à la normale. Peut-être que la situation n'est pas aussi désolante qu'elle le craignait. Et peut-être qu'après tout, elle aura l'occasion de mieux connaître Maélie.

Lorsque le ballon revient vers elle, Audrey est on ne

peut plus prête. Elle exécute une manchette, et Maélie saute avec aisance pour faire passer le ballon par-dessus le filet.

— Je parie que tu as un service d'enfer, poursuit Maélie alors qu'elles se préparent pour une partie.

— J'ai parfois du mal à faire passer le ballon par-dessus le filet, avoue Audrey.

Elle sera la première à servir et, déjà, elle se sent un peu nerveuse.

— Avec la force que tu as? s'étonne Maélie. Peut-être que tu as seulement besoin d'un meilleur angle. Montre-moi comment tu t'y prends.

Audrey se place avec nervosité et lance le ballon dans les airs. Elle s'élance et frappe le ballon qui décrit un grand arc avant de retomber juste de l'autre côté du filet. C'est réussi, mais si les joueuses de l'autre équipe avaient été prêtes, elles auraient pu surprendre l'équipe d'Audrey avec un smash. Heureusement, elles n'étaient pas en position, et l'une d'elles renvoie le ballon doucement. Après quelques volées, Audrey récupère le ballon pour faire le service. Avant qu'elle s'exécute, cette fois, Maélie incline légèrement le poignet d'Audrey et tapote l'endroit qui doit toucher le ballon.

— Essaie pour voir, dit-elle d'un ton encourageant.

Audrey s'élance, et le ballon s'envole en flèche au ras du filet, retombant rapidement vers le sol dans un angle qui rend pratiquement impossible la réception du service. Elle a marqué un deuxième point!

Le troisième point se fait encore plus facilement, et vient prouver que le service amélioré d'Audrey n'était pas un coup de chance.

— Beau travail, Audrey, lance une fille prénommée Lili dans le camp adverse.

— Merci pour le conseil, dit Audrey à Maélie en lui décochant un grand sourire.

La bouche fendue jusqu'aux oreilles, elle sent son cœur battre plus fort. Avec raison! Non seulement elle a un service nettement amélioré, mais elle est aussi en voie de se faire une nouvelle amie fabuleuse!

chapitre 4

— Tout ce qu'elle a fait, c'est tourner ma main un peu, comme ça.

Audrey referme les doigts de Camila, et ajuste l'angle de sa paume.

— On aurait dit de la magie! Jamais je n'ai fait un service pareil de toute ma vie! C'est une amélioration de cent pour cent. Je l'ai réussi deux fois de suite!

Camila hoche lentement la tête. Elle retire doucement sa main tout en observant Audrey du coin de l'œil.

— Tu parles de volley-ball, n'est-ce pas? demande-t-elle d'une voix calme.

— Je sais, je sais, dit Audrey en sautillant sur le siège d'autobus. C'est bizarre de s'exciter autant pour une chose pareille. Après tout, ce n'est qu'un jeu auquel mes parents m'obligent à jouer. Mais c'est vraiment génial de pouvoir marquer des points. Attends de voir mon nouveau service. Tu n'en reviendras pas.

— J'en doute, répond Camila qui glisse sur le siège et appuie les genoux contre le dossier devant elles. Mais on ne sait jamais. Après tout, Maélie semble bel et bien dotée de pouvoirs magiques.

Elle agite les doigts et adresse un demi-sourire à Audrey avant de baisser sa tuque à rebord pour s'en couvrir les yeux.

— Réveille-moi quand on sera arrivées, dit-elle en étouffant un bâillement.

Pendant que Camila ferme les yeux, Audrey regarde par la vitre dans l'espoir d'apercevoir Maélie au nouvel arrêt d'autobus. À moins d'un pâté de maisons de là, elle repère son manteau à pois. Elle regrette aussitôt de ne pas avoir songé à changer de place avec Camila; elle aurait pu dire à Maélie à quel point elle est ravie de son nouveau service, et la remercier encore une fois pour le conseil.

Depuis la fin de l'entraînement d'hier, Maélie a occupé toutes les pensées d'Audrey. Il y a quelque chose de tout à fait extraordinaire chez cette fille, et ce n'est pas seulement qu'elle est jolie, brillante et talentueuse. Elle sait faire sentir à Audrey qu'elle est spéciale, moins ordinaire, d'une façon subtile... même quand Audrey rate ses coups au volley-ball devant toute l'équipe.

Lorsque l'autobus s'arrête en gémissant et que la

porte s'ouvre, Audrey se redresse pour que Maélie la voie. Elle agite sa mitaine violette pour lui faire signe. Elle a fouillé tout au fond du panier de gants et de mitaines pour trouver celles que sa tante lui a tricotées pour Noël, il y a deux ans. Elles commencent à être un peu petites et leurs pouces sont verts, ce qui explique pourquoi Audrey ne les porte pas très souvent. Mais elle s'est dit que Maélie les apprécierait peut-être à leur juste valeur puisqu'elle tricote aussi. Peut-être même qu'elle pourrait enseigner le tricot à Audrey pour qu'elle s'en fabrique une paire d'une seule couleur.

Audrey regarde Maélie jeter un coup d'œil dans l'allée et secouer la neige de ses bottes. Trois rangées derrière elle, Dominique Belzile fait de grands signes et tapote le siège à côté d'elle. De plus, Audrey est certaine d'avoir entendu Sara-Maude appeler Maélie à l'arrière. Le regard de la nouvelle ne se rend pas jusque-là, toutefois. Maélie s'assoit lourdement sur le siège, souriant à Dominique comme si elles étaient amies depuis toujours.

La main d'Audrey retombe mollement sur ses genoux, et elle tire sur le pouce vert d'une de ses mitaines pour l'enlever. Elle se demande si elle était aussi ridicule que Dominique avec ses grands signes et son sourire idiot. Dominique ne porte pas de grosses mitaines tricotées, et elle ne fait pas partie de l'équipe de volley-ball. Pourtant, Maélie lui a réservé son plus charmant sourire et s'est assise juste à côté d'elle. En ce moment, elles bavardent et ricanent.

Peut-être que, malgré sa gentillesse et les conseils qu'elle lui a donnés au volley-ball hier, Maélie n'a pas réellement jeté son dévolu sur Audrey. Peut-être qu'elle ne la trouve pas exceptionnelle et qu'elle ne voit pas en elle une amie potentielle. À en juger par les apparences, Maélie est simplement aimable… avec tout le monde.

Ce qu'il y a d'étrange, c'est que plus Audrey songe à quel point Maélie est gentille avec tout le monde, moins elle se sent gentille. Les coins de sa bouche se font lourds, lui dessinant une moue qui descend jusqu'au menton. Ses pieds aussi pèsent une tonne, et elle a l'impression qu'on a rempli ses chaussures de ciment alors qu'elle se traîne à ses cours du matin.

Ce matin, Audrey s'est réveillée en souhaitant qu'il y ait un entraînement de volley-ball tous les jours pour pouvoir s'exercer à faire des services encore et encore. Mais maintenant, elle est soulagée que l'équipe ait congé les mardis et jeudis. Elle ne veut pas que Maélie la voie traîner les pieds et être sans enthousiasme.

— Ça va? demande Camila tandis qu'elles font la file à la cafétéria.

Audrey se contente d'un haussement d'épaules. En théorie, elle va bien. Elle se sent affreusement mal, mais lorsqu'elle songe à une façon d'expliquer son état d'âme à Camila, tout lui paraît complètement ridicule. Elle pourrait dire :

Tu vois, je croyais que j'étais spéciale… assez spéciale pour devenir amie avec la nouvelle. Absurde.

J'espérais que Maélie me saluerait en montant dans l'autobus. Encore plus absurde.

Quand Maélie m'a aidée à corriger mon service, j'ai cru qu'elle voulait qu'on devienne amies. On ne peut plus absurde.

Maélie lui a seulement donné un tuyau pour mieux réussir son service, rien de plus. Mais Audrey ne veut pas se sentir encore plus ridicule que maintenant! Si Camila l'accusait d'être tombée sous le charme de la nouvelle, elle se sentirait encore plus mal à l'aise. Sans dire un mot, elle se contente donc de suivre Camila jusqu'à leur table et se glisse entre elle et Isabelle au bout du banc.

Elle fixe son taco du mardi d'un œil morne. Elle n'a pas très faim, et la viande a l'air encore plus bizarre que d'habitude.

— *Muy delicioso?*

Une voix s'élève à l'extrémité de la table. Maélie se tient là avec son propre taco et sourit aux filles. Camila et Isabelle éclatent de rire.

— Viens, on va te faire de la place, dit Elsa en se glissant plus loin.

Stupéfaite, Audrey se tourne vers la table près de la fenêtre pour voir si Gloria fait signe à Maélie de la rejoindre. Ce serait peut-être le bon moment d'indiquer à Maélie qu'elle peut aller s'asseoir ailleurs. Mais Gloria est occupée à manger son yogourt et à rigoler avec ses amies, et Audrey n'est pas d'humeur à intervenir pour dire à Maélie qu'elle s'est trompée de table. Elle prend plutôt une grosse bouchée de son mauvais taco en espérant que le reste de la journée passera vite.

Malheureusement, se retrouver chez elle n'apporte pas à Audrey le réconfort attendu. Elle a beaucoup de devoirs à faire, mais sa sœur Geneviève a monopolisé la table de la salle à manger (là où Audrey fait ses devoirs d'habitude) et travaille sur des affiches pour la pièce de théâtre de l'école. Audrey tente de résoudre ses problèmes de maths à la table de la cuisine, lorsque sa petite sœur, Dorothée, décide de « l'aider ».

— Maman, elle dessine sur ma feuille! gémit Audrey.

Un trait de crayon mauve vif serpente sur son devoir jusque sur la surface en bois.

— Oh! Dorothée! Pas de crayon de cire sur les meubles! la réprimande Mme Joubert.

Soulevant la petite fille, elle pousse un soupir exaspéré.

— Pourquoi ne fais-tu pas tes devoirs dans ta chambre? Tu as un bureau exprès pour ça.

Très bien. Audrey monte dans sa chambre d'un pas lourd et y reste assise seule, exclue et incapable de se concentrer. Dehors, son père racle le trottoir glacé. Elle entend le crissement de la pelle sur la neige alors que son devoir inachevé la nargue sur son bureau. Il lui paraît humainement impossible d'être plus irritée qu'elle ne l'est maintenant, quand son état d'abattement est interrompu brusquement.

— Hé, as-tu du dissolvant pour vernis à ongles? demande Geneviève en entrant dans la chambre d'un pas joyeux sans frapper.

Bien qu'elle n'ait pas envie d'être seule, Audrey sent son agacement atteindre des sommets inégalés.

— Hé, ma porte était *fermée*, grogne-t-elle.

— Ouais, désolée.

Geneviève cogne sur le mur.

— Alors, tu as du dissolvant, oui ou non?

Elle examine les ongles fraîchement vernis de sa main gauche.

— Je n'en ai plus du tout, et ce bleu est affreux à côté de ce vert. Je crois que cet ongle devrait être noir, et celui-là vert.

Elle tourne sa main de sorte qu'Audrey puisse voir.

Chaque ongle des doigts de Geneviève est peint d'une couleur différente et, aux yeux d'Audrey, les couleurs, côte à côte, sont affreuses. Audrey n'est pas vraiment le genre de fille à se vernir les ongles, surtout pas de couleurs différentes. Le plus loin qu'elle soit allée dans ce domaine, c'est de se peindre les ongles d'orteils avec Camila lors d'une soirée pyjama.

— Non, je n'en ai pas, répond Audrey. Maintenant, va-t'en.

— Tu en es sûre?

Geneviève ouvre le premier tiroir de sa commode et commence à y fouiller de sa main non manucurée.

Audrey abandonne et laisse échapper un soupir exaspéré.

— Ça va, ça va.

Elle se lève et aide Geneviève à chercher. C'est le moyen le plus rapide, espère-t-elle, de se débarrasser d'elle. Elle aperçoit un tout petit flacon de dissolvant derrière une pile de livres sur la commode et le tend à sa sœur.

— Tiens.

— Tu es adorable, déclare Geneviève dont le visage s'épanouit en un large sourire.

Soudain, elle s'arrête et dévisage sa sœur comme si elle la voyait pour la première fois depuis qu'elle a fait irruption dans la pièce.

— Qu'est-ce que tu as? demande-t-elle. Tu fais une tête d'enterrement.

Normalement, Audrey demanderait conseil à sa sœur juste après avoir consulté le shih tzu de sa voisine, Cocotte. Autrement dit, jamais.

Les deux sœurs sont tellement différentes que c'est inconcevable pour Audrey de demander l'aide de Geneviève pour... quoi que ce soit. Mais sans trop savoir pourquoi (mettons cela sur le compte du désespoir), Audrey se lance.

— Quel est le meilleur moyen de déterminer, en secret, si quelqu'un nous aime?

Geneviève reste bouche bée, et ses yeux sont tellement exorbités qu'elle ressemble à Cocotte, le shih tzu. Elle porte la main à son front, estomaquée, et ses ongles fraîchement peints touchent presque ses cheveux.

En voyant la réaction de sa sœur, Audrey souhaiterait pouvoir ravaler ses paroles.

— Oh! c'est pas vrai! Je rêve. Tu es amoureuse! s'écrie Geneviève d'une voix aiguë en secouant les doigts.

Elle s'assoit sur le lit d'Audrey pendant une seconde, puis se relève d'un bond. Grimpant sur le couvre-lit blanc avec ses souliers en toile, elle se met à sauter comme ces gens à la télé qui ont gagné à la loterie.

— Oh! c'est formidable, s'exclame-t-elle.

Elle s'immobilise tout à coup. Les yeux lui sortent de la tête.

— Qui est-ce? Il faut que tu me le dises.

— Ce n'est pas ce que tu crois, répond Audrey avec fermeté.

De toute évidence, elle a commis une grave erreur, mais elle ne peut pas faire marche arrière maintenant.

— Je ne suis pas amoureuse. Je n'ai même pas un petit coup de cœur. Je te parle d'une amie.

Geneviève s'est assise, mais elle dévisage Audrey, le regard fixe.

— Il y a une nouvelle à l'école, poursuit Audrey. Je ne peux pas vraiment t'expliquer... mais je la trouve super gentille.

— Ce n'est pas seulement parce qu'elle est nouvelle? demande Geneviève d'un ton sceptique.

— Non.

Audrey secoue la tête. Elle croirait entendre Camila. C'est plus que ça, elle en est certaine, même si elle ne peut pas expliquer pourquoi.

— OK, dit Geneviève en se redressant, traitant la question avec sérieux. Laisse-moi réfléchir.

Elle dévisse le bouchon du flacon de dissolvant, imbibe de liquide un tampon d'ouate qu'elle avait dans la poche de son jean, et commence à enlever le vernis.

— Eh bien, il y a eu cette fois où je mourais d'envie de savoir ce que Max Garceau pensait de moi...

L'odeur âcre de l'acétone emplit la pièce, mais Audrey la remarque à peine. Elle est tout ouïe.

Chapitre 5

Audrey n'arrive pas à croire que Geneviève est prête à l'aider à résoudre son problème. Habituellement, sa sœur aînée la traite comme une moins que rien. N'empêche qu'à mi-chemin du récit de Geneviève, Audrey sait déjà qu'elle ne suivra pas son conseil. Il est hors de question qu'elle se faufile dans les toilettes de l'école pour écrire sur les murs. Absolument hors de question.

Audrey soupire tandis que sa sœur lance le tampon d'ouate taché de vernis dans la corbeille. Elle aurait dû deviner que Geneviève ne lui serait pas d'un grand secours; elles sont trop différentes. Malgré tout, lorsque sa sœur l'entoure de son bras à la main sans vernis et la serre contre elle, Audrey se sent un tout petit peu mieux.

— Tu n'auras besoin que d'un marqueur permanent et d'un billet pour circuler dans le couloir.

Audrey est tentée de dire à sa sœur qu'elle est cinglée, mais elle se retient. Après tout, Geneviève essaie seulement de l'aider.

— Je vais y réfléchir, ment-elle en remettant le bouchon sur le flacon de dissolvant.

Durant le souper, tout en faisant circuler les plats distraitement au-dessus de son assiette déjà froide, Audrey repense aux gestes audacieux qu'a faits sa sœur. Elle ne se voit pas en train d'écrire sur les murs des toilettes, mais elle doit reconnaître que Geneviève a obtenu les réponses qu'elle voulait. Elle a même fréquenté Max Garceau pendant trois mois, et ils sont toujours amis. Donc, même si la méthode des graffitis n'est pas une solution dans son cas, elle prouve que c'est possible de découvrir ce qu'une personne pense de nous sans lui laisser savoir qu'on est à la pêche aux infos.

À mesure que l'idée s'infiltre dans son esprit, autre chose commence à s'infiltrer dans sa manche : le lait de Dorothée. La fillette secoue sa tasse à bec et un filet de lait imprègne la manche d'Audrey.

— Dorothée! s'écrie Audrey, alarmée.

Elle retire vivement son bras, et le lait se répand partout.

Dorothée se met aussitôt à hurler. Geneviève pouffe de rire tandis que leur mère bondit de sa chaise et prend aussitôt Dorothée dans ses bras pour la consoler.

— Ce n'est qu'un petit dégât, roucoule-t-elle, adressant à Audrey un de ses regards désapprobateurs.

Avant qu'Audrey ait pu s'expliquer, son père a déjà essuyé le lait, les cris de Dorothée se sont transformés en petites plaintes et Geneviève accapare la conversation. Elle explique avec enthousiasme toutes les raisons pour lesquelles elle croit fermement qu'elle obtiendra le rôle principal dans la prochaine production de *Blanches colombes et vilains messieurs*. L'incident est clos, mais encore une fois tout était la faute d'Audrey, de nouveau prise au milieu.

Audrey contemple ses haricots verts et cesse d'écouter Geneviève. C'est à ce moment-là, alors qu'elle avale une bouchée, qu'une idée lui vient. C'est un peu risqué et tout à fait contraire au règlement. Mais nul besoin de circuler dans l'école en cachette ni de donner un peu plus de travail à M. Hénault, le concierge. En fait, Audrey pourra mettre son plan à exécution dans l'intimité de sa propre chambre...

— Est-ce que je peux sortir de table? demande Audrey.

Elle avale le reste de son lait d'un trait en attendant une réponse.

— Bien sûr, ma chérie, dit sa mère en coupant distraitement de petits morceaux de poulet pour Dorothée.

41

Audrey nettoie son assiette, met la vaisselle sale dans le lave-vaisselle et monte dans sa chambre. Elle sort un cahier (celui qu'elle a acheté pour le cours de français) du tiroir de sa table de chevet, l'appuie contre ses genoux pliés et fixe la couverture. Elle s'empare d'un paquet de marqueurs et ouvre le cahier à la première page. Souriant intérieurement, Audrey écrit : LE CAHIER DES VÉRITÉS.

Un frisson d'excitation court le long de son échine tandis qu'elle tourne quelques pages et commence à ajouter des entrées. Elle débute par la section Généralités : Qui a le(s) plus beau(x) _____? (yeux, cheveux, sourire, vêtements, nom, vocabulaire) et Qui a les meilleures _____? (idées ou chances de devenir premier ministre).

Ensuite, elle crée la section « Ce que j'adore » : film, dessert, jean, magazine, acteur, actrice, chanson, animal, avant de poursuivre avec la section « Ce que je déteste » : légume, dentifrice, matière, expression parentale, plat de la cafétéria, tâche ménagère, vedette.

La section suivante propose des choix : Pepsi ou Coke? Vanille ou chocolat? Été ou hiver? Sucré ou salé?

Elle insère çà et là quelques questions simples ainsi que des phrases à compléter, sautant des pages afin de laisser suffisamment d'espace pour les réponses.

Elles ont l'air plutôt inoffensives, se dit Audrey tout en espaçant les entrées et en laissant des pages vierges pour en ajouter de nouvelles. Puis elle revient au début du cahier et hésite. Elle voudrait bien établir quelques règles concernant l'utilisation du cahier, mais lesquelles?

Audrey tapote sur la page blanche avec son stylo. Après quelques minutes de remue-méninges, elle se met à la tâche.

Lorsque tu écris dans ce cahier, tu dois le faire seul/e, et non en équipe.

1) Choisis un numéro.

2) Sur chaque page, écris ta réponse à côté de ton numéro.

3) Inscris ton nom à côté de ton numéro à la fin du cahier.

4) Ajoute une nouvelle entrée une fois que tu auras répondu à toutes les autres.

Plus elle travaille, plus elle est fébrile. Elle imagine ses camarades en train d'écrire leurs réponses et de rigoler en lisant celles des autres.

Mais plus important encore, elle s'imagine en train de découvrir ce que Maélie pense d'elle...

Audrey prend une grande respiration, ouvre le cahier au hasard vers le milieu et inscrit une dernière phrase à compléter : *Audrey Joubert est* _____.

Elle se sent rougir alors qu'elle fixe la page. La perspective de savoir ce que Maélie pense d'elle, à supposer qu'elle pense à elle, est tellement attrayante qu'elle a du mal à contenir son excitation. Son plan est parfait!

Mais plan parfait ou pas, Audrey a quand même des devoirs à faire. Elle glisse le cahier dans son sac à dos et en sort son manuel de sciences. Les parties de la cellule dansent devant ses yeux durant presque une demi-heure avant qu'elle s'y mette véritablement. Le téléphone sonne à 21 h 15 alors qu'elle attaque la dernière question. Audrey se précipite dans le couloir, jette un coup d'œil sur l'afficheur et sourit. C'est Camila.

— Hé, salut! Alors, ce devoir de maths? demande Audrey qui retourne dans sa chambre à pas feutrés avant de refermer la porte.

En rangeant son manuel de sciences dans son sac à dos, elle aperçoit le coin du cahier vert qui dépasse. Elle tire dessus et pose le cahier sur ses genoux. Peut-être qu'elle devrait en parler à Camila...

— Je viens de finir, répond Camila. Mais je crois que Mme Paradis veut notre mort. Il est peut-être temps d'alerter la police.

— C'est bel et bien un complot. Les enseignants du secondaire croient que c'est leur devoir de torturer leurs élèves, renchérit Audrey en riant. C'est dans leur description de tâches. Hélas, je crois que c'est parfaitement légal. Et peut-être même obligatoire.

Camila glousse.

— Tu as probablement raison. Mais je ne t'ai pas appelée pour me plaindre des maths. J'ai une excellente nouvelle!

— Raconte, dit Audrey en songeant à sa propre bonne nouvelle.

— Il faut que tu viennes magasiner avec moi demain après ton entraînement. Je viens de recevoir mon argent de poche, et j'en ai maintenant assez pour m'offrir ce superbe jean qu'on a déniché chez Carpo. Ma mère a même dit qu'elle nous y conduirait.

Malgré le fait qu'elles aient des styles totalement différents (Audrey est du type tee-shirt confortable et jean tout simple, tandis que Camila opte pour le plus de parures et de couleurs possible), les deux filles forment une équipe du tonnerre quand vient le temps de magasiner. Elles ont trouvé le jean de rêve de Camila (turquoise vif et surteint) alors qu'elles faisaient les boutiques il y a quelques semaines.

— Assez d'argent et quelqu'un pour nous conduire? C'est une excellente nouvelle, en effet, approuve Audrey.

— N'est-ce pas? Et je veux y aller avant qu'il n'y en ait plus de ma taille, continue Camila. Alors, ça marche?

— Ça marche, confirme Audrey.

Sous son bureau, elle passe la main sur la couverture du cahier des vérités. Elle meurt d'envie d'en parler à Camila, mais elle se retient. Son plan aura plus d'impact si elle attend jusqu'à demain matin; elle pourra lui

45

montrer le cahier en même temps qu'elle lui expliquera son plan.

— Je cours chez toi dès que l'entraînement est fini, promet-elle.

Elle jette un regard sur la manche du vieux chandail molletonné qui est enduite d'une croûte de lait séché.

— Peut-être que le chandail que je voulais sera en solde, ajoute-t-elle.

— Génial. Et pendant qu'on... Oh, écoute, il faut que j'y aille. J'oubliais que ma mère a convoqué un conseil de famille.

— Est-ce que tout va bien? demande Audrey.

Conseil de famille est l'expression que les parents utilisent pour dire : « Nous voulons discuter de quelque chose qui ne fera pas votre affaire. » Elle entend la mère de Camila qui appelle sa fille en bruit de fond.

— D'après moi, c'est probablement Auguste qui oublie de rincer son assiette avant de la mettre au lave-vaisselle. Tu connais ma mère et son nouveau lave-vaisselle...

— Oui, je sais, dit Audrey en faisant la grimace.

C'est tout juste s'il ne faut pas suivre un organigramme pour remplir ce truc.

— Si tu veux goûter au pain doré de ma mère demain, tu ferais mieux d'arriver tôt, poursuit Audrey. Mes sœurs peuvent avaler tout un pain en un temps record.

— Du pain doré. Miam!

Camila se pourlèche les babines.

— Je serai là.

En raccrochant, Audrey se promet de faire deux choses : 1) arriver tôt à table afin de manger chaud et 2) avoir l'air tout à fait calme et décontractée au sujet du tout nouveau cahier des vérités.

Elle espère pouvoir tenir au moins une de ses promesses.

chapitre 6

Audrey enlève son manteau et le suspend dans le casier qu'elle partage avec Camila et s'exclame :

— Je ne peux pas croire que tu as raté la journée du pain doré! Il était incroyable!

Audrey est arrivée à table une bonne minute et demie avant Geneviève et a mangé une moitié de tranche dans une paix relative. Incroyable, ça aussi.

Camila réprime un bâillement et retire son manteau d'hiver rouge sans entrain au milieu du couloir bondé d'élèves qui arrivent pour le premier cours.

— Je sais. Quel dommage! Mais j'étais incapable de me lever ce matin…

— Je te comprends! l'interrompt Audrey en riant.

Elle est parvenue à respecter une de ses promesses, mais elle n'est pas prête à révéler que, si elle ne s'est pas réveillée trop tard, c'est qu'elle n'arrivait pas à dormir.

Deux fois durant la nuit, elle a allumé la lumière et a contemplé le cahier des vérités, ayant peine à croire qu'elle avait imaginé un plan aussi audacieux. Ce matin, elle est tellement survoltée qu'elle a l'impression qu'elle pourrait à tout moment : 1) sortir de l'école comme un ouragan et courir enterrer le cahier dans sa cour à côté de son regretté hamster, Frankenstein, ou 2) allumer l'interphone et annoncer à tout le monde que sa brillante création est arrivée à Hubert-Hudon. Elle ne fait ni l'un ni l'autre, bien sûr.

Elle sort plutôt son cahier secret de son sac à dos et le glisse sous son bras tout en balançant le sac à moitié vide au fond du casier.

— Demain, ce sera du gruau, précise Audrey en s'écartant pour laisser Camila sortir son devoir de son sac. Pas aussi excitant.

Elle bâille malgré l'adrénaline qui coule à flots dans ses veines. Son cœur bat plus vite du simple fait d'avoir sorti le cahier des vérités à la lumière du jour.

— Non, en effet, approuve Camila. Mais c'est quand même mieux que des céréales froides par un matin d'hiver.

Elle esquisse un demi-sourire endormi et sort quelques livres de son sac. Camila aussi est plus fatiguée qu'à l'habitude. Et maussade. Elle a fait des devoirs durant tout le trajet en autobus, et c'est à peine si elles ont eu la chance d'échanger quelques mots. Audrey en conclut que le conseil de famille a dû se terminer tard chez les Angelo, mais elle sait qu'il vaut mieux ne pas bombarder Camila de questions pour l'instant. Sa meilleure amie parlera quand elle sera prête. Elle a besoin de digérer l'information avant de pouvoir en parler. Parfois, elle reste silencieuse pendant des heures, des jours même, et Audrey lui laisse le temps dont elle a besoin.

Seulement, aujourd'hui, elle n'a pas beaucoup de temps.

Audrey jette un coup d'œil sur le cahier sous son bras. C'est maintenant ou jamais. Elle espère que sa meilleure amie sera aussi emballée qu'elle, et qu'elle trouvera l'idée brillante et amusante. En revanche, elle craint également que Camila, qui la connaît mieux que quiconque, devine immédiatement pourquoi elle a fait ça, et qu'elle trouve son idée stupide. Elle l'entend déjà lui dire : *je ne peux pas croire que toi, Audrey, tu sois frappée par le syndrome de la nouvelle!* Et elle sait qu'elle sera incapable de lui expliquer pourquoi c'est si important à ses yeux de devenir amie avec Maélie... Ça l'est, c'est tout.

S'armant de courage, Audrey referme un peu la porte de leur casier sur elles et se penche vers son amie. *Tant pis si elle est maussade. Je plonge...*

— Hé, je peux avoir un peu d'espace? J'essaie de m'organiser, grogne Camila en repoussant la porte du

50

casier.

— Ça va, grincheuse. Je veux seulement te montrer quelque chose, chuchote Audrey en se penchant de nouveau.

Camila lance un regard vers le cahier dans les mains d'Audrey et la considère comme pour dire : *Ouais? Et alors?* Lorsque Audrey ouvre le cahier et lui montre le titre, l'expression de Camila change complètement. Elle écarquille les yeux et laisse tomber son sac dans le casier avec un bruit sourd.

— Est-ce qu'il s'agit bien de ce que je pense? souffle-t-elle en fixant le titre en lettres majuscules sur la page devant elle. Ça alors! C'est toi qui as fait ça?

Audrey acquiesce d'un signe de tête.

— Audrey, tu es folle ou quoi? Ces cahiers sont interdits. *Totalement* interdits. La dernière personne qui s'est fait prendre avec un de ces trucs a été suspendue pour une semaine et a dû écrire une lettre d'excuses. C'est même paru dans le journal étudiant! Comment as-tu pu l'oublier?

Audrey est envahie d'un immense sentiment de déception. Généralement, Camila est la plus hardie des deux, celle qui aime mettre du piquant dans sa vie. Où est passé son esprit d'aventure?

— Je n'ai pas oublié, rétorque Audrey, sur la défensive. Je n'ai tout simplement pas l'intention de me faire prendre.

Camila a toujours l'air sceptique, très sceptique même.

— Tu détestes t'attirer des ennuis, murmure-t-elle. C'est ton pire cauchemar. Tu t'imagines, dans le bureau du directeur? Pas moi.

— Arrête de te faire autant de souci. C'est juste pour s'amuser. Personne ne saura qui l'a commencé. De plus, mes entrées sont tout à fait inoffensives.

Audrey referme encore la porte un peu plus et tourne quelques pages qu'elle montre à son amie.

Camila prend le cahier des mains d'Audrey et parcourt rapidement les pages de « Ce que je déteste », marmonnant qu'elle a déjà encaissé suffisamment de chocs comme ça récemment. Puis peu à peu, Audrey voit changer l'expression maussade de son amie à mesure que celle-ci se laisse prendre au jeu.

— Oooh, je déteste les aubergines, déclare Camila. Est-ce que je peux avoir mon numéro chanceux, le onze? Où est mon stylo?

Camila ouvre grand la porte du casier d'une poussée et s'accroupit pour chercher de quoi écrire. D'une main, elle fouille à tâtons dans son sac tandis que de l'autre, elle agite le cahier des vérités dans tous les sens.

Audrey referme partiellement la porte et scrute le couloir pour s'assurer que personne ne les observe. Heureusement, aucun élève ne se trouve aux casiers voisins, et le couloir se vide peu à peu à mesure que les élèves gagnent leurs classes.

— Finalement, c'est très chouette, dit Camila d'un ton approbateur tout en continuant à lire et à chercher un stylo. C'est comme un album-souvenir. Oh! Il n'y a rien de plus dégoûtant que le dentifrice à saveur de gomme à bulles! Ça ne goûte même pas la gomme à bulles, et ça laisse un arrière-goût, c'est... beurk! Je suis certaine d'avoir rangé mon stylo là...

Un peu paniquée, Audrey sent sa gorge se serrer et garde son propre stylo derrière son dos pour que Camila ne le voie pas.

— Cam, il faut absolument que ça reste ultra-secret! lui souffle-t-elle d'une voix forte.

Un groupe de filles contourne la rangée de casiers et se dirige droit vers elles. Peut-être est-ce parce que Camila lui a fait remarquer que ce n'était vraiment pas son genre de créer un cahier des vérités. Mais en ce moment Audrey est terrifiée à l'idée de se faire pincer.

— Tu pourras écrire tes réponses plus tard, insiste-t-elle en retirant doucement le cahier des mains de son amie avant que les autres filles arrivent à leur hauteur. Si tu réponds la première, tout le monde saura que c'est moi qui l'ai commencé.

Camila se renfrogne.

Je lui expliquerai plus tard, se promet Audrey, qui se sent coupable de ne pas lui avoir raconté toute l'histoire. *Dès que j'aurai découvert ce que Maélie pense de moi.*

— Comme ça, tout à coup, tu as peur de te faire prendre? demande Camila.

— Oh, oh. On va être en retard si on ne se dépêche pas, fait remarquer Audrey en entendant la sonnerie.

Elle aide Camila à se relever. Cette dernière, irritée, fait claquer la porte du casier. Son enthousiasme pour le cahier des vérités a disparu aussi vite qu'il était apparu. Camila a retrouvé son caractère grognon, mais n'a jamais perdu son sens de l'humour. Elle met le capuchon de son chandail de façon à se couvrir les yeux, allonge les bras devant elle à la manière d'un zombie et laisse Audrey la guider dans le couloir comme si celle-ci avait elle-même créé cette créature détraquée.

— Oui, maître, dit-elle d'une voix monocorde.

— C'est notre secret, d'accord? demande Audrey en tirant Camila vers la classe.

Camila opine de la tête dans l'obscurité de son capuchon.

— Oui, maître, répète-t-elle.

Laissant tomber le rôle du monstre, elle ajoute :

— Promets-moi seulement de me réserver le numéro onze. J'ai besoin de chance.

Les deux filles marchent de plus en plus vite en évitant les élèves d'une autre classe qui se dirigent vers le gymnase. Audrey observe le groupe.

— Et puisqu'on parle de secret, commence Camila en se penchant vers elle, j'ai failli te rappeler hier soir…

— Attends, l'interrompt Audrey.

Elle a repéré celle qu'elle cherchait. Mélissa Valois s'approche d'un pas nonchalant. Complètement dans sa bulle, Mélissa a l'habitude de marcher dans le couloir d'un air distrait, son sac grand ouvert. Ce matin ne fait pas exception. Son sac de sport à motifs de singes est grand ouvert, et l'une des courroies pend jusqu'à son genou. Ce serait facile, parmi le fouillis qui règne à l'intérieur, de s'emparer d'un cahier ou d'y en déposer un...

— Je veux que le cahier commence à circuler avant le premier cours, chuchote Audrey. Que d'aventures attendent ce petit cahier!

chapitre 7

Audrey tapote sur son pupitre avec son crayon et sourit en voyant un bout de papier plié passer furtivement d'un élève à l'autre. C'est la troisième note qu'elle aperçoit durant le cours. Heureusement, Mme Morel s'est affairée durant la majeure partie du cours de français à écrire des notes au tableau, notes auxquelles les élèves sont censés prêter attention. Elle ne se doute pas que des informations additionnelles circulent derrière son dos.

Quelqu'un remet une note à Audrey, et elle la déplie rapidement : Primeur dans le cahier des vérités : *Jérôme Brodeur préfère les brunes aux blondes, et Julianne Hallé déteste la crème glacée (tous les parfums!)*

Audrey s'efforce de faire comme si de rien n'était tandis qu'elle lit le papier, le replie et le donne à Alexia Aubin. Qui aurait cru que ce serait si facile de créer un tel émoi? Tout ce qu'elle a fait (en plus d'écrire le cahier, bien entendu), c'est le glisser dans le sac de Mélissa avant le premier cours. Bien sûr, elle a dû faire attention pour qu'on ne la voie pas, mais cela ne lui a pris qu'une seconde et demie. Et maintenant, son cahier des vérités est sur les lèvres de tous les élèves de 1re secondaire! Audrey est un peu surprise de voir à quel point elle voudrait dire à tout le monde que le cahier était son idée. Depuis quand aime-t-elle être le point de mire?

Est-ce que tout a commencé avec ses services améliorés au volley-ball? Avec le sourire encourageant de Maélie? Serait-ce à cause de sa rencontre avec une personne un tantinet excentrique? Audrey n'en est pas sûre. Elle sait seulement qu'elle a bien du mal à garder le secret.

N'empêche qu'elle est déterminée à agir avec discrétion, du moins pour l'instant. Sa création ne fait pas le tour des classes juste pour le plaisir. C'est l'outil essentiel d'une mission urgente, une mission qui lui permettra de découvrir si elle a une nouvelle amie (ou le potentiel d'en avoir une) ou non.

Ce ne sera pas long avant que le cahier se retrouve dans le sac à dos de Maélie, et j'obtiendrai alors toutes les réponses dont j'ai besoin, se dit Audrey. Ensuite, tout le monde à l'école secondaire Hubert-Hudon saura à quel point Audrey est géniale.

La sonnerie annonçant la fin des cours retentit, et Audrey se dirige vers le gymnase, son sac de sport sur l'épaule. Traversant le couloir d'un pas rapide, elle prête l'oreille, à l'affût de nouveaux potins, et garde l'œil ouvert au cas où elle apercevrait Maélie. Elle se demande combien de personnes ont rempli le cahier jusqu'à maintenant. Cinq? Vingt? De toute évidence, il y a plus de gens qui en connaissent l'existence qu'il n'y en a qui ont effectivement écrit dedans. Il semble que tout le monde préfère prendre le temps de bien le lire et de rédiger des réponses aussi amusantes que possible. Plus longtemps il circulera, plus il sera long et plus il faudra de temps pour le lire. Bientôt, la pause du matin ou les quinze minutes d'étude en classe ne suffiront plus.

Audrey est tellement absorbée par le cahier qu'elle ne se rend pas compte qu'il ne reste plus qu'elle dans le vestiaire, jusqu'au moment où elle entend quelqu'un l'appeler.

— Audrey, dépêche-toi!

C'est Sara-Maude, l'une des capitaines.

— Tout le monde a commencé l'échauffement.

Audrey pousse un gros soupir, ferme la porte de son casier et entre en hâte dans le gymnase. Les filles, en effet, ont déjà couru la moitié d'un tour de gymnase, leurs queues de cheval se balançant derrière elles.

Audrey pique un sprint pour rejoindre le groupe. M. Marcotte a les yeux rivés sur sa planchette à pince, et elle espère que son retard passera inaperçu une deuxième fois d'affilée.

Mais ce serait trop beau.

— Joubert et Whitney, deux tours de plus! lance l'entraîneur.

Pendant que les autres filles s'installent pour faire des volées, Audrey et Lili Whitney tournent en rond autour du gymnase.

Audrey entend Lili qui halète à côté d'elle, et elle saute sur l'occasion.

— As-tu entendu parler du...

— Pas de bavardage! aboie l'entraîneur.

Il n'est pas d'humeur à plaisanter, constate Audrey. Pas question de potiner aujourd'hui, ni de vérifier auprès de Lili si elle sait quelles filles de l'équipe ont déjà écrit dans le cahier des vérités.

Pendant les volées, Audrey tente de se concentrer sur la position de ses poignets. Elle réussit quelques bonnes manchettes, mais c'est plutôt par chance. Elle est trop occupée à se demander si Maélie a vu le cahier (ou si elle en a entendu parler) pour concentrer son attention sur autre chose.

— Gardez ces ballons dans les airs, beugle M. Marcotte sur la ligne de côté. Rien ne doit toucher le sol, sauf vos pieds... ou vos genoux si vous plongez.

— Bien joué, dit Gloria à Maélie, qui vient d'attaquer au filet.

— Merci!

Maélie accueille le compliment avec un grand sourire et continue à jouer, plongeant avec grâce pour récupérer le ballon. Elle réussit son coup, et Audrey regarde le ballon décrire un arc, passer par-dessus le filet et toucher le sol dans le camp adverse. Cette fille est phénoménale.

Audrey s'efforce de réussir ses services pour montrer à Maélie à quel point ses conseils l'ont aidée à améliorer son jeu. Pendant les parties, elle parvient à marquer quelques points malgré son manque de concentration, et effectue même quelques plongeons qui permettent au ballon de rester en jeu.

— Beau travail, Audrey, dit Sara-Maude. Tu fais beaucoup de progrès.

Audrey jubile. Pour la première fois de toute la saison, l'une des capitaines l'a félicitée pour son jeu. Elle s'améliore! Et c'est grâce à Maélie... Audrey se dit que le talent de Maélie déteint probablement sur elle, comme par magie.

Un coup de sifflet retentit et M. Marcotte annonce :

— Petite réunion des capitaines. Les autres, vous pouvez partir.

Les filles se dirigent vers le vestiaire pour se changer et rassembler leurs affaires.

Audrey voudrait bien remercier Maélie, mais hors de portée de voix de l'entraîneur, puis ses coéquipières papotent tellement qu'elle n'arrive pas à placer un mot.

— Il paraît que le restaurant du coin sert un délicieux chocolat chaud, dit Maélie. Qui veut y aller?

Un concert de oui résonne dans la pièce remplie de casiers en métal, et Audrey est parcourue d'un frisson d'excitation. Tamara doit aller chez l'orthodontiste, et la mère d'Anne viendra la chercher, mais six filles seront de la partie. Parmi ce plus petit groupe, et sans entraîneur dans les parages, Audrey est sûre de pouvoir trouver une façon discrète (et le courage!) de demander à Maélie si elle a vu le cahier. Et même si elle n'y parvient pas, elle ne dit pas non à une tasse de bon chocolat chaud crémeux! Suivant Maélie qui ouvre la marche, Audrey et les autres filles se dirigent vers la sortie.

Quinze minutes plus tard, les six filles sont entassées sur deux banquettes au bord de la fenêtre du Resto du coin. La vitre d'un côté de la table s'embue rapidement en raison des tasses géantes de boissons chaudes qui reposent tout près. Audrey est assise à côté de Maélie et elle est aux anges.

— Crème fouettée? demande la serveuse en souriant.

Elle incline la grosse bombe aérosol argentée au-dessus de chaque tasse et ajoute une petite montagne blanche sur chacune.

Audrey est au septième ciel!

Elle prend une cuillerée de crème et balance

légèrement les pieds sous la banquette rembourrée. En face d'elle, Elsa fouille dans son sac messager rayé, le visage caché par ses cheveux dénoués. Deux secondes plus tard, elle en sort un cahier vert... le cahier des vérités.

— Les filles, jetez un coup d'œil là-dessus.

Elle le dépose sur la table, les yeux pétillants de malice.

— Avez-vous vu ça?

Audrey arrête de respirer.

Nora se penche pour mieux voir.

— C'est bien *lui?* demande-t-elle, ses sourcils arqués touchant presque ses cheveux.

— Le seul et unique, répond Elsa en retenant légèrement sa respiration.

— Quoi? Qu'est-ce que c'est? demande Maélie.

Elle porte une écharpe à rayures et, tout en parlant, elle la déroule et passe le bras devant Audrey pour la suspendre au crochet au bout de la banquette.

Audrey s'oblige à recommencer à respirer avant qu'une des filles remarque quelque chose. Ses pieds se sont immobilisés à mi-élan, et elle espère qu'elle n'a pas l'air aussi surprise qu'elle l'est vraiment. *Agis normalement,* se dit-elle. *Ne te trahis pas!*

C'est vrai, elle souhaitait que Maélie découvre l'existence du cahier des vérités. Mais pas de cette manière! Audrey n'était pas du tout censée être là quand

Maélie le verrait pour la première fois. Et si quelqu'un commençait à le feuilleter et trouvait l'entrée à son nom au beau milieu du cahier?

Reste calme, se dit-elle avec fermeté. *Elles ne savent pas que tu as eu l'idée d'écrire ce cahier, ni pourquoi.* Elle sent pourtant son visage s'enflammer.

— C'est un cahier des vérités! s'exclame Nora. Il est nouveau, et personne ne sait qui l'a commencé. Ce type de cahier est tout à fait contraire au règlement.

L'expression de Maélie devient sérieuse.

— Mais ces cahiers ne sont-ils pas... mesquins? dit-elle à voix basse.

Audrey s'étouffe presque avec sa gorgée de chocolat chaud. Maélie trouve son idée cruelle!

— Celui-là ne l'est pas, lâche-t-elle avant d'avoir pu s'en empêcher. Ce ne sont... que des questions inoffensives...

Sa voix traîne, et elle se cache du mieux qu'elle peut derrière sa tasse.

— Elle a raison, celui-là n'est pas mesquin... en tout cas, pas encore! dit Elsa en gloussant. Ces cahiers sont très divertissants. J'en ai fait un au camp cet été.

Le cahier repose ouvert devant elle, et Lili regarde par-dessus son épaule.

— Benjamin Charpentier déteste les haricots verts et, selon la moitié des élèves qui ont répondu, c'est Maria Pacheco qui a les plus beaux yeux, rapporte Lili.

63

— Julianne a horreur de la crème glacée? s'écrie Nora, penchée au-dessus du cahier. Qu'est-ce qui ne va pas chez elle?

— Elle est peut-être allergique, déclare Maélie d'un ton songeur. Mon frère est allergique au chocolat, et il préfère dire qu'il n'aime pas ça pour que les gens arrêtent de lui en offrir. Il trouve que c'est plus facile que de s'expliquer.

— Intéressant... murmure Nora.

— Je ne peux pas croire que quelqu'un a lancé un cahier des vérités à Hubert-Hudon, dit Iris en secouant la tête.

Nora fixe la page devant elle et rit en parcourant la liste des légumes les plus détestés.

— Eh bien, certains légumes ont franchement mauvaise réputation, dit-elle en repoussant une mèche de cheveux blonds derrière son oreille. Si j'étais un chou de Bruxelles, je serais vexée.

— Ou un chou-fleur! ajoute Elsa. On n'est pas tendre avec le pauvre chou-fleur!

Tout le monde rigole en sirotant son chocolat chaud.

— Donc, si ces cahiers sont interdits, pourquoi en écrire un? demande Maélie.

Audrey prend sa tasse et avale une longue gorgée de liquide chaud. Elle a la gorge en feu.

chapitre 8

— Salut maman, je suis arrivée! s'écrie Audrey en franchissant la porte.

Elle secoue ses pieds sur le paillasson et enlève son foulard.

— Bonjour, ma chérie.

Sa mère entre dans le vestibule et dépose un baiser sur le front d'Audrey.

— Camila a téléphoné.

Audrey a l'impression d'être frappée par la foudre en se rappelant la séance de magasinage qu'elle a planifiée (et manquée) avec sa meilleure amie. Avec toute cette histoire de chocolat chaud, elle a complètement oublié!

— OK, merci, dit-elle à sa mère avant de suspendre son manteau et de se ruer dans l'escalier.

Elle est toujours ébranlée par la réaction de Maélie à

sa création et se sent un peu stupide. Bien sûr que la plus gentille fille du monde trouve les cahiers des vérités mesquins! Dieu merci, Elsa est intervenue tout de suite en précisant que celui-ci était différent.

Pourtant, Audrey n'est pas convaincue que Maélie écrira dans le cahier à présent. Son plan parfait pourrait facilement se transformer en désastre total! Et pour couronner le tout, elle a fait faux bond à sa meilleure amie. L'excitation d'Audrey a disparu encore plus vite que son chocolat chaud, et elle a vite été remplacée par un pénible sentiment de culpabilité.

— On soupe dans quinze minutes! crie sa mère derrière elle. Ton père et moi allons au cinéma.

Audrey sait que cela signifie que Geneviève et elle devront garder leur petite sœur, mais elle ne s'attarde pas à cette nouvelle peu réjouissante. Ce n'est rien en comparaison de laisser tomber sa meilleure amie. Elle saisit le téléphone qui repose sur son support dans le couloir au premier et entre dans sa chambre. Utilisant la fonction de composition abrégée, elle appuie sur le 3 (le 1 et le 2 correspondent aux meilleures amies de Geneviève), s'allonge sur son lit et se prépare à faire son mea-culpa.

Camila décroche à la troisième sonnerie.

— Cam? C'est moi. Oh! si tu savais! Je suis tellement désolée. J'ai complètement oublié! J'espère que tu as acheté le jean, débite Audrey d'une seule traite.

Il y a un moment de silence, et Audrey se dit qu'elle va peut-être en prendre pour son rhume. Ou peut-être qu'elle pense qu'elle mérite d'en prendre pour son rhume. Car à vrai dire, il n'y a pas que leur séance de magasinage manquée qui l'embarrasse. Elle se sent toujours mal de ne pas avoir dit à Camila la raison qui, au départ, l'a poussée à écrire le cahier des vérités. Et maintenant, elle est tellement honteuse qu'elle ne veut même pas aborder la question!

Dans ce silence douloureux, Audrey songe à révéler à Camila où elle a véritablement passé l'après-midi, mais y renonce. Ce n'est pas le moment. Ça ne ferait que blesser Camila davantage. Cependant, l'accumulation de tous ces secrets lui pèse de plus en plus lourd.

— Pas grave, répond enfin Camila.

Mais sa voix n'est pas comme d'habitude. Elle est... sans timbre.

— J'ai acheté le jean, ajoute-t-elle d'un ton un peu plus gai. Il est superbe. De toute façon, c'est probablement une bonne chose que je m'habitue à magasiner seule.

Seule? Audrey n'a aucune idée de ce que Camila raconte. Elles font les boutiques ensemble depuis toujours, et ce n'est pas un simple rendez-vous manqué qui va changer cela.

Camila n'est pas du genre à faire tout un cinéma, ni à faire sentir les autres coupables. Mais à l'entendre, on dirait qu'elle se sent… seule.

C'est sûrement à cause du volley-ball, se dit Audrey. Elle aurait dû savoir que cela finirait par arriver. Elle est beaucoup moins disponible depuis qu'elle fait partie de l'équipe. Pour la 600e fois, ou est-ce la millième fois, Audrey regrette que Camila ne fasse pas partie de l'équipe aussi.

Audrey ronge l'ongle de son petit doigt tout en parlant.

— La saison ne durera pas éternellement, dit-elle pour consoler son amie.

— Quelle saison? demande Camila.

— La saison de volley-ball, voyons! répond Audrey en riant.

Ce n'est donc pas de ça qu'il est question?

— Oh, oui. Le volley-ball, poursuit Camila, qui n'a quand même pas retrouvé son entrain.

Tout à coup, elle change de sujet.

— Alors, et ce cahier? Tu es vraiment en train de faire un malheur. J'espère seulement avoir la chance de le remplir. Je ne voudrais pas sombrer dans l'oubli.

Audrey s'esclaffe. Elle adore l'humour pince-sans-rire de Camila.

— Tu n'es pas exactement le genre de fille qu'on oublie, Cam. Mais ne t'inquiète pas. On s'assurera que tu auras le cahier avant de mourir.

Après avoir servi des hamburgers tout garnis pour le souper, les parents d'Audrey filent au cinéma, laissant leurs deux filles aînées responsables de la maison. Geneviève débarrasse la table tandis qu'Audrey finit de laver la vaisselle et que Dorothée promène son « bébé » (un orignal en peluche aux bois mâchonnés) dans une poussette pour poupée.

— Et puis, as-tu réglé ton problème? demande Geneviève en rangeant le lait dans le réfrigérateur. Ton message est sur le mur?

Elle se hisse sur le comptoir et regarde sa jeune sœur avec intérêt.

— Non, je n'ai rien écrit, répond Audrey.

Elle tord une éponge, puis essuie le comptoir.

Soudain, elle se sent un peu mal à l'aise.

— Enfin, pas sur le mur.

Elle fixe son attention sur un petit morceau de fromage collé et tente de rester calme.

Geneviève balance ses pieds aux chaussettes dépareillées, de sorte qu'ils donnent doucement contre une porte d'armoire.

— Qu'est-ce que tu veux dire?

Audrey essuie une tache de ketchup et finit par cracher le morceau.

— J'ai écrit un cahier des vérités, confesse-t-elle.

Geneviève ralentit le mouvement de ses pieds et affiche un grand sourire.

— Excellent, dit-elle, manifestement impressionnée. Je savais que tu avais du cran, au fond.

Durant précisément une demi-seconde, Audrey est contente que sa sœur n'ait pas l'air complètement surprise. Peut-être qu'elle n'est pas une fille aussi banale qu'elle le croyait. Puis les commentaires de Maélie au restaurant lui reviennent à l'esprit.

— Il semble que j'en ai, en effet. Mais cet après-midi, j'ai appris que la nouvelle trouve ce type de cahier mesquin. Elle n'écrira peut-être même pas dedans! Et si elle découvre que c'est moi qui l'ai commencé, jamais elle ne voudra être mon amie.

Plus elle parle, plus Audrey a l'impression qu'elle va se mettre à pleurer.

— Et comment réagissent les autres? demande Geneviève.

Audrey hausse les épaules.

— Très bien, jusqu'à maintenant. Tout le monde en parle. Une quinzaine de personnes avaient déjà écrit dans le cahier quand je l'ai vu tout à l'heure. Et les réponses sont hilarantes.

— Eh bien, voilà! C'est un succès. Et si tout le monde écrit dedans et s'amuse, la nouvelle le fera aussi.

Audrey jette l'éponge dans l'évier.

— Tu crois? demande-t-elle avec une lueur d'espoir.

Geneviève acquiesce.

— Puisque je te le dis. Encore une chose... Est-ce

que quelqu'un sait qui l'a commencé?

Elle lève un sourcil soigneusement épilé.

Audrey secoue énergiquement la tête.

— Seulement toi, moi et Camila.

Geneviève hausse l'autre sourcil pour faire plus d'effet.

— Bien. Il vaudrait mieux que ça reste ainsi jusqu'à ce que le tour de la nouvelle arrive. Autrement, jamais tu ne sauras la vérité.

— Aïe! Tu vas m'arracher le bras si ça continue!

Audrey fait mine d'avoir mal tandis que Camila l'entraîne dans l'escalier, puis dans le couloir qui mène aux toilettes des filles du troisième étage. C'est la récréation du matin, et Camila semble investie d'une mission.

— Il faut que je te parle seule à seule, déclare-t-elle en poussant la porte d'un coup d'épaule. Oups...

Les deux filles restent figées à l'entrée de la pièce au carrelage taupe et blanc. Normalement, les toilettes des filles au troisième sont toujours désertes. Mais en ce moment, elles sont de toute évidence occupées par une fille qui mène sa propre mission. Fille : Isabelle Collard. Mission : écrire dans le cahier des vérités.

Audrey a un frisson d'excitation en voyant Isabelle refermer le cahier à l'instant où elle les entend entrer. La rouquine lève les yeux, stupéfaite, et laisse échapper un soupir de soulagement en apercevant ses amies.

— Oh, c'est vous, les filles! dit-elle sur un ton enthousiaste. Vous avez vu ça?

Elle tapote la couverture du cahier.

— Vu quoi? demande Audrey qui joue le jeu et ignore l'air surpris de Camila.

— Le cahier des vérités! Écoutez cette liste des noms de chiens les plus étranges : Pétrole, Bœuf, Munchausen, Granule, Rage…

Elle éclate de rire.

— Qui donc appelle son chien Rage?

— Tu parles d'un nom… dit Camila d'une voix qui sonne creux.

— C'est sûrement une nouvelle entrée, marmonne Audrey. As-tu vu ce que Jérôme a écrit comme moment le plus embarrassant?

Isabelle relève brusquement la tête et considère Audrey d'un œil soupçonneux.

— Attends une seconde. Si tu n'as pas vu ce truc, comment sais-tu ce qu'il y a dedans?

— C'est elle qui l'a écrit, lâche Camila comme si de rien n'était.

Audrey foudroie son amie du regard comme pour dire : « Pourquoi as-tu fait ça? », mais Camila a les yeux rivés sur ses ongles.

Constatant qu'un regard ne suffira pas, Audrey pousse Camila du coude.

— Non, ce n'est pas vrai, proteste Audrey.

C'était censé être leur secret!

Rapidement, Camila se couvre la bouche d'une main.

— Elle a raison, je plaisantais, dit-elle sans conviction. On a seulement, euh... entendu des gens en parler. Il y a des notes qui circulent à ce sujet.

Le ton trop désinvolte de Camila met la puce à l'oreille d'Isabelle, et les coups d'œil et de coude échangés finissent de la convaincre. Isabelle fixe Audrey en écarquillant les yeux.

— Ça alors, c'est toi qui as fait ça?

Audrey se demande un bref instant si Camila a fait exprès de vendre la mèche. Mais ça n'a plus grande importance. Elle est démasquée, de toute manière.

— Eh oui, c'est moi, reconnaît Audrey en se laissant glisser sur le plancher à côté d'Isabelle, entraînant Camila avec elle.

Sa voix trahit sa fierté. Elle l'a fait et ne le regrette pas. Le cahier des vérités est la chose la plus réjouissante à survenir à Hubert-Hudon depuis... depuis toujours. C'est *bien plus* agréable à lire que des manuels de sciences.

— Mais tu ne dois le dire à personne. Si M. Simard l'apprend, je serai humiliée devant tout le monde.

— Oui, et il faudrait alors que tu décrives ton expérience ici, sous la rubrique « La fois où j'ai eu les plus gros ennuis ».

73

Isabelle désigne l'une des entrées nouvellement ajoutées. Amusant! Il y a plusieurs autres nouvelles entrées, y compris « La chose la plus stupide que j'aie jamais faite... » Audrey espère que, dans son cas, ce n'est pas d'avoir écrit le cahier des vérités.

Les filles se blottissent les unes contre les autres et feuillettent le cahier.

— Hé, regardez ça, dit Isabelle en se penchant. « Pire tenue vestimentaire à ESHH cette année ». On dirait bien que la robe-chasuble des années 80 d'Adèle Cusson remporte la palme.

— C'est mesquin, souffle Camila.

Le sang d'Audrey se fige dans ses veines. Mesquin... C'est exactement le mot que Maélie a employé.

— Il n'y a qu'une seule page, dit Isabelle en passant à la suivante. Mais avouons-le, c'était franchement laid.

La gorge d'Audrey se serre, et Isabelle se met à lire à haute voix les moments embarrassants les plus drôles.

— J'ignorais que le frère aîné de David Niquette lui avait rasé la tête pendant qu'il dormait, s'exclame-t-elle en hurlant de rire.

— Et moi, je ne savais pas qu'il avait porté une perruque à l'école pendant trois mois! continue Camila. Mais j'ai toujours trouvé qu'il avait des cheveux bizarres. Très drôle, Audrey.

Les trois filles rient de bon cœur maintenant, ce qui est un soulagement. Tout en rigolant, Audrey en profite pour retirer le cahier des mains d'Isabelle en douce. Elle s'amuse, mais elles approchent dangereusement de la page fatidique, celle qui l'a poussée à créer le cahier à l'origine.

— Attends, attends!

Camila s'empare du cahier.

— Fais voir. Pouvez-vous croire qu'Elsa admet se ronger les ongles d'orteils? demande-t-elle en vérifiant le nom sur la page, se laissant prendre au jeu.

— Il faut que j'arrête de rire, ou je vais faire pipi dans ma culotte! bredouille Isabelle à travers ses larmes.

— Heureusement qu'on est déjà aux toilettes, souligne Audrey.

— Oh! mon Dieu! Faire pipi dans sa culotte aux toilettes! Ça irait automatiquement dans les moments les plus embarrassants...

Camila montre la page en question, et les trois filles attrapent le fou rire de nouveau. Elles rient si fort que c'est à peine si elles entendent la sonnerie.

— On ferait mieux d'y aller, dit Audrey une fois qu'elle peut parler. Il ne faut pas être en retard.

Isabelle reprend le cahier des mains de Camila et le glisse dans son sac.

— Je vais finir d'y répondre tout à l'heure, s'écrie-t-elle en se précipitant dans le couloir. Et ne t'inquiète pas, Audrey. Motus et bouche cousue!

chapitre 9

— Audrey! Excellent, ton cahier des vérités! lance Daniel Rickford à l'autre bout du couloir.

— J'ai adoré les noms de chiens, renchérit Émeric Villeneuve en lui donnant une tape amicale sur l'épaule.

Audrey écarte une mèche de cheveux de son front et s'efforce de demeurer imperturbable. Ce n'est pas facile, car les choses vont de mal en pis! La journée est presque terminée, et tout le monde sait qu'elle a écrit le cahier. Maintenant, en plus de tout le reste, Audrey va devoir mentir aux élèves de sa classe.

— Audrey, c'était toi? s'étonne Lili entre deux cours.

— Bien sûr que non.

Audrey pousse un rire faux.

— Tu m'imagines, moi, désobéissant au règlement et écrivant un cahier des vérités? Ce n'est qu'une rumeur!

Lili a l'air perplexe, mais hoche la tête.

— Je trouvais que c'était bizarre, admet-elle. On en a parlé toutes ensemble au Resto du coin, et tu n'as rien dit.

— J'aurais bien voulu l'avoir écrit, poursuit Audrey en essuyant ses paumes moites sur son jean.

Et elle dit vrai cette fois, car en dépit du reste, c'est formidable de recevoir les félicitations de tout le monde. C'est comme si elle avait gagné un Oscar! C'est effectivement plus chaud sous les feux de la rampe. Seulement, elle est trop préoccupée pour s'en réjouir, même une seconde. Si elle veut éviter les ennuis et découvrir ce que Maélie pense d'elle, elle n'a qu'une chose à faire : nier avoir écrit le cahier et s'organiser pour que Maélie l'ait au plus vite.

Complètement perdue dans ses pensées, Audrey ne remarque pas Camila qui marche à côté d'elle jusqu'au moment où celle-ci se penche à son oreille.

— Devine! J'ai le cahier, dit-elle sur un ton animé en tapotant son sac de sport. J'ai jeté un bref coup d'œil, et il se remplit vite! Il y a au moins quatre nouvelles entrées depuis qu'on l'a lu ce matin. Je vais écrire dedans ce soir. J'ai tellement hâte!

Camila a le cahier. Camila a le cahier! Audrey n'en revient pas d'avoir autant de chance.

— Parfait! s'écrie-t-elle.

Elle attire son amie vers leur casier dans le couloir. Le fait que Camila ait reçu le cahier maintenant, alors qu'elle croyait que tout était perdu, est une véritable bénédiction.

— Il faut que tu glisses le cahier dans le sac de sport de Maélie pendant qu'on s'entraîne pour qu'elle l'apporte chez elle, explique Audrey.

Le visage de Camila s'allonge. On dirait un soufflé qui dégonfle.

— Mais tu as prom...

— Je sais, l'interrompt Audrey. Tu l'auras à la première heure demain matin.

— Mais je veux être le numéro 11.

Ses épaules s'affaissent.

— Et je veux le lire chez moi pour ne pas avoir à le cacher sous mon pupitre.

— Tu pourras le garder aussi longtemps que tu le voudras... mais demain, précise Audrey. Je veux simplement que tu...

— ... le donnes à la nouvelle, termine Camila.

Elle insiste sur le mot « nouvelle » tout en hochant la tête. Puis elle s'écarte du mur et soupire.

— Pourquoi exactement est-ce si important de le remettre à Maélie?

Ses yeux bruns scrutent le regard noisette d'Audrey.

Cette dernière détourne la tête. Voilà l'occasion de tout raconter à Camila au sujet de son plan.

— C'est... c'est que... bafouille Audrey.

Elle sait qu'elle devrait dire la vérité à son amie, mais encore une fois, les mots refusent de sortir. Et si Camila la traitait d'idiote? Si elle ne gardait pas le secret? Elle a déjà plus ou moins vendu la mèche à Isabelle.

Le secret d'Audrey semble former une boule dans sa gorge. Elle a du mal à déglutir, et les deux filles restent plantées devant leur casier, silencieuses, tandis que les élèves interpellent Audrey.

— Bravo pour ton cahier! s'exclame une fille nommée Ève en passant près d'elles.

— Ce n'est qu'une rumeur, réplique Audrey, mais trop bas pour qu'Ève l'entende.

— Bon, comme tu voudras, dit Camila en faisant tourner le bout de sa botte à pompons contre le plancher. Puisque c'est si important pour toi...

Un grand sourire se dessine sur le visage d'Audrey. La boule dans sa gorge se dissipe enfin et elle tapote le dos de son amie. Elle peut toujours compter sur Camila.

— Va dans le vestiaire une fois qu'on se sera changées. Tu pourras glisser le cahier dans son sac de sport dès que l'équipe sera sortie, chuchote Audrey à l'oreille de Camila.

Audrey promène son regard autour d'elle. Elle se sent comme une agente secrète.

— Le sac de Maélie est bleu vif, et elle le laisse

toujours sur le banc le plus près des douches. Bien reçu? demande Audrey en reculant, se dirigeant déjà vers le gymnase.

— Clair et net, répond Camila.

Chapitre 10

Même si Camila a accepté de mettre le cahier dans le sac de Maélie, Audrey reste nerveuse. Et si Maélie décidait de ne rien y écrire? Si elle trouvait que c'est trop mesquin?

Souviens-toi de ce que Geneviève t'a dit. Elle a de l'expérience... S'efforçant de demeurer positive, Audrey entre vite dans le vestiaire et enfile sa tenue d'entraînement si rapidement qu'elle arrive dans le gymnase en avance pour la première fois depuis des semaines! Il semble s'écouler une éternité avant que les autres filles la rejoignent petit à petit en riant et en bavardant. Audrey voudrait les presser pour permettre à Camila d'entrer furtivement dans le vestiaire, mais c'est impossible de le faire sans éveiller les soupçons. Elle noue donc les lacets de ses chaussures pour la dixième fois.

Lorsque Maélie arrive, c'est à peine si Audrey ose la regarder. Elle n'a pas l'habitude de garder un secret, et l'effort que ça lui demande la rend un peu anxieuse.

Maélie lui adresse un sourire.

Pour la première fois depuis des jours, Audrey se permet de rêver à ce que ce serait de devenir amie avec Maélie. Elle peut facilement imaginer Camila empruntant le short à rayures turquoise de Maélie lors d'une fin de semaine au lac; cette couleur lui va si bien. Elle les voit déjà, toutes les trois, lézardant au soleil sur le quai en parlant de tout et de rien. Elle voudrait dire à Maélie que le Québec n'est pas toujours froid et enneigé; les autres saisons sont magnifiques! Camila et elle lui apprendraient tout ce qu'une fille de la Colombie-Britannique doit savoir en arrivant ici. Elles seraient comme les Trois Mousquetaires, mais en mieux.

Dans sa tête, leur amitié est pour ainsi dire scellée. Mais dans les faits, Audrey est tellement nerveuse qu'elle ne parvient même pas à dire à Maélie à quel point son short lui plaît. Lorsque M. Marcotte entre dans le gymnase, elle sent son secret devenir plus lourd.

— Trois tours! ordonne l'entraîneur.

Audrey est prête. Tellement prête qu'elle prend la tête du peloton.

— Dis donc, tu es rapide aujourd'hui, s'exclame Maélie qui surgit à côté d'elle, peinant pour garder le rythme.

Audrey sourit timidement, les yeux rivés sur ses pieds qui semblent la faire voler.

— Je suppose que j'avais envie d'une bonne course, dit-elle tandis qu'elles tournent au premier coin.

La seule chose qui peut encore faire rater son plan maintenant, c'est que Maélie croie la « rumeur » voulant qu'elle ait écrit le cahier des vérités. Courant à toute allure autour du gymnase, Audrey attend, nerveuse, que Maélie dise quelque chose à ce propos pour pouvoir nier. Mais Maélie se contente de courir à côté d'elle en silence.

Audrey est incrédule. Est-ce possible que Maélie n'ait pas eu vent des derniers potins? Audrey espère que oui. Même s'il est évident que la majorité des élèves de 1re secondaire savent la vérité, c'est presque normal que Maélie ne soit pas au courant. Elle a tellement de cours avancés qu'elle passe la moitié de la journée avec des élèves de 2e secondaire qui, eux, n'ont probablement pas entendu parler du cahier... pour l'instant.

Gloria et Sara-Maude accélèrent un peu le pas et les rejoignent, encadrant Maélie et Audrey.

— Il est beau, ton short, dit Sara-Maude. Il est neuf?

— Ma tante me l'a envoyé de Vancouver, répond Maélie. Bien entendu, il fait beaucoup trop froid pour que je puisse le porter dehors. Mais j'ai pensé que je pourrais le mettre pour m'entraîner. Surtout qu'Audrey nous force à transpirer aujourd'hui. Une vraie machine!

Flattée, Audrey force encore la cadence et termine avec une bonne avance. Derrière elle, les filles prennent le dernier tournant, pliées en deux pour reprendre leur souffle.

— Très bien, je veux six filles de chaque côté du filet, aboie M. Marcotte. Je veux que vous fassiez toutes des manchettes solides, de belles passes d'attaque et des smashs puissants. Nous disputerons bientôt une partie importante, et je veux que tout le monde soit prêt.

Audrey s'installe sur la ligne de fond entre Elsa et Gloria. Maélie est en avant à côté de Nora et d'Anne, et c'est bien ainsi. Jusqu'à ce qu'elle sache si Maélie l'aime ou pas, Audrey préfère garder ses distances.

Elsa effectue le service, et avant qu'Audrey ait pu retrouver son souffle, le ballon vient vers elle. Elle tend les bras, constatant trop tard qu'elle n'a pas le bon angle. Elle frappe le ballon et l'envoie directement sur le mur.

— Corrige ton angle, Joubert, s'écrie l'entraîneur sur la ligne de côté.

Audrey fait la grimace et attend que le ballon revienne.

L'attente se prolonge. Lorsque le ballon arrive enfin, Audrey trouve le bon angle. Seulement, elle frappe le ballon trop fort et celui-ci heurte les gicleurs au plafond. Pfft!

Deux filles ricanent de l'autre côté du filet; Audrey se

sent rougir.

— Tout un coup, dit l'une d'elles.

Audrey regarde vers Maélie en espérant que : 1) elle n'a pas entendu et 2) elle lui prodiguera un peu d'encouragement. Mais Maélie est déjà en train de retourner le ballon que Gloria vient de lui passer. Elles rient toutes les deux.

Audrey détourne vite les yeux. Elle ne sait pas si elles se moquent d'elle et n'est pas certaine de pouvoir le supporter si c'est le cas. Son optimisme grandissant s'évanouit subitement.

La popularité de Maélie s'accroît de minute en minute, ce qui signifie que les chances qu'Audrey devienne son amie, elles, diminuent. Bientôt, elles seront aussi minuscules qu'un grain de poussière sous la semelle des chaussures de sport d'Audrey. Et tandis que les ricanements continuent sur le terrain, Audrey commence à se sentir minuscule, elle aussi.

Un coup de sifflet retentit, annonçant la fin de l'entraînement.

— Couchez-vous tôt dans les jours à venir et mangez bien, recommande M. Marcotte. Et n'oubliez pas de vous hydrater!

Les filles prennent leurs bouteilles d'eau et se dirigent vers le vestiaire. Audrey avale une longue gorgée et tente d'imaginer le cahier des vérités reposant dans le sac de la nouvelle.

Entrant en hâte dans le vestiaire, elle cherche Camila du regard, mais celle-ci n'est pas là. Elle espère que le plan s'est déroulé comme prévu et que la livraison a été faite. Le sac de Maélie se trouve au même endroit que d'habitude sur le banc, bien fermé. Est-ce que Maélie le ferme habituellement? Audrey ne saurait le dire. Elle a désespérément envie de tirer sur la fermeture éclair et de jeter un coup d'œil à l'intérieur, mais les autres filles entrent à leur tour.

— Il faut qu'on batte Sainte-Rose, déclare Sara-Maude en se laissant tomber sur un banc. Vous vous souvenez de la raclée que les Carcajous nous ont fichue l'an dernier?

— Ouais, ça a été un match terrible, répond Anne en enfilant son anorak. Je vois encore l'air suffisant que ces filles affichaient chaque fois qu'on perdait le service... Oooh, ça me tue.

— On les aura cette fois, dit Gloria d'un ton encourageant. C'est notre tour. Attendons, on verra bien.

Attendons, on verra bien. Les mots résonnent dans la tête d'Audrey tandis qu'elle fixe le sac bleu. C'est exactement ce qu'elle va faire.

Facile à dire.

Chapitre 11

Audrey est toujours dans sa chambre lorsqu'elle entend le vrombissement distinctif de l'autobus tournant dans la rue Pomerleau. Le cadran confirme ce qu'elle sait déjà : il est 8 h 07 et elle est très en retard.

— Où est Camila? demande Geneviève de la table de la cuisine lorsque Audrey passe comme un éclair. Elle est malade ou quoi?

Bonne question. Où est Camila? Audrey a besoin de son amie pour se motiver à sortir de la maison le matin. Aujourd'hui, Camila n'est pas venue prendre un petit déjeuner chaud et courir jusqu'à l'arrêt d'autobus avec elle. En fait, elle n'a même pas téléphoné.

— Quoi, tu n'as pas le temps de manger? demande Geneviève d'un ton taquin.

Elle suit sa sœur dans le vestibule sans se presser tandis qu'Audrey se dépêche.

Cette dernière lui lance un regard furieux tout en sautillant sur un pied pour mettre ses bottes. Dès qu'elle a les mains libres, elle s'empare d'une paire de gants dans le panier. Adroitement, Geneviève fait un saut de côté pour s'écarter de son chemin et sourit malicieusement à Audrey qui met son manteau.

— Voilà un muffin, dit sa mère en tendant à Audrey la pâtisserie enveloppée d'un essuie-tout. Tu pourras le manger dans l'autobus.

— Merci, maman.

Audrey prend le muffin, ouvre la porte d'un coup sec et se précipite dans le froid avec une botte mal enfilée qui s'écrase sous son talon. Elle court en traînant les pieds vers l'arrêt d'autobus, agitant frénétiquement les bras. Elle se sent ridicule, mais la conductrice s'arrêtera si elle la voit. Dans le cas contraire, Audrey devra demander à sa mère de la conduire à l'école, ce qu'elle veut éviter à tout prix.

Remontant sa tuque qui lui tombe devant les yeux, Audrey aperçoit la botte de Camila qui disparaît dans les marches de l'autobus. Puis elle voit les portes se refermer.

— Attendez! s'écrie-t-elle, essoufflée.

Heureusement, Mme Lessard ne démarre pas. Elle a vu Audrey, et elle a fermé la porte uniquement pour ne pas refroidir l'intérieur du véhicule en attendant qu'elle arrive.

Malgré le froid, Audrey a la figure en feu tandis qu'elle court vers l'autobus dont le moteur tourne au ralenti. Elle sait que tout le monde à bord l'observe, et elle a l'impression de courir comme un manchot handicapé. Mais elle doit monter dans l'autobus aujourd'hui. Non seulement sa mère sera furieuse si elle doit aller la reconduire, mais avec un peu de chance, Maélie aura écrit dans le cahier et tout le monde (ou du moins, Audrey) pourra enfin lire ses réponses. C'est aujourd'hui que tout se joue...

Mme Lessard jette un regard vaguement désapprobateur à Audrey lorsque celle-ci grimpe les trois marches d'un pas lourd avant de faire face à la longue allée.

— Désolée, marmonne Audrey en haletant.

Elle enlève sa tuque et se dirige vers son siège favori. Camila est assise près de la fenêtre.

— Juste à temps! plaisante Audrey.

Elle se glisse à côté d'elle et déroule son foulard.

Camila ne lève pas les yeux.

— Où étais-tu ce matin? As-tu oublié de mettre ton réveil, toi aussi? demande Audrey.

— Si on veut, répond Camila.

Elle a déjà sorti son devoir de maths et ne semble pas d'humeur à causer.

Audrey prend une bouchée de muffin et regarde autour d'elle. Elle se penche au-dessus de Camila pour jeter un coup d'œil par la fenêtre, cogne ses bottes l'une contre l'autre et contemple ses ongles. Il ne reste que deux arrêts avant que Maélie monte.

— Qu'est-ce que tu as pris au déjeuner? Un triple café moka au lait format géant? C'est beaucoup de caféine! s'exclame Camila en posant les yeux successivement sur le visage d'Audrey, sur ses pieds agités de mouvements convulsifs et sur ses doigts frétillants.

Le rire qu'Audrey laisse échapper ressemble à un petit jappement. Leurs parents boivent tous du café. Audrey en aime l'odeur, mais Camila sait qu'elle n'en boit pas. C'est l'excitation qui lui donne la bougeotte. Par égard pour Camila, elle tente de se calmer.

— Je crois que c'est l'adrénaline, dit-elle en prenant une petite bouchée de muffin.

Il est à la banane et aux noix (sa sorte préférée), mais elle est tellement nerveuse qu'elle n'a pas vraiment faim. Soudain, elle ne peut plus se retenir.

— Est-ce que tout s'est bien passé hier? demande-t-elle.

— Qu'est-ce que tu veux dire?

Camila tapote sur son devoir de maths avec la gomme à effacer au bout de son crayon.

— Je parle du *cahier!* chuchote Audrey.

Camila efface l'une de ses réponses et nettoie la page, faisant voler des petits bouts de gomme autour d'elle. Elle hoche la tête sans dire un mot, et Audrey essaie de se détendre. Maélie est peut-être au courant que c'est Audrey qui a écrit le cahier des vérités. Toutefois, ce serait extrêmement étonnant qu'elle ait découvert que c'est elle qui l'a glissé dans son sac.

Respirant à fond, Audrey force ses jambes à s'immobiliser. Tout va bien se passer, exactement comme Geneviève l'a dit.

Les freins à air grincent de nouveau. L'autobus s'arrête, et Audrey sent son rythme cardiaque s'accélérer encore une fois. Elle tente de se raisonner. Maélie a le cahier, mais elle ne montera pas dans l'autobus en l'agitant et en le déposant dans les mains avides d'Audrey. Il se trouve probablement au fond de son sac à dos.

Pourtant, Audrey ne peut s'empêcher de fixer les mains de Maélie ainsi que son sac, dans l'espoir d'apercevoir la couverture verte du cahier. Mais il n'y a rien à voir, sauf la nouvelle écharpe de Maélie.

— Superbe! Est-ce que c'est toi qui l'as faite aussi? demande Audrey alors que Maélie s'installe à deux rangées d'elles.

— Oui, répond Maélie, rayonnante. Elle te plaît?

Audrey acquiesce d'un signe de tête. L'écharpe est jolie en plus d'être assortie à sa tuque que tout le monde adore. Elle lui plaît, et beaucoup. Cependant, plusieurs questions lui brûlent les lèvres : *As-tu eu le cahier des vérités? L'as-tu rempli? J'espère que tu ne l'as pas trouvé mesquin. Alors, qu'est-ce que tu penses de moi?* Seulement, cela reviendrait à tout avouer, et la ferait paraître encore plus stupide que lorsqu'elle courait pour attraper l'autobus.

Lorsque la sonnerie se fait entendre à l'heure du dîner, Audrey se dirige vite vers la cafétéria, les sens en alerte. Elle prête l'oreille au cas où elle saisirait des bribes de conversation portant sur le cahier des vérités, et cherche constamment des yeux le cahier à spirale vert. Jusqu'à maintenant, elle n'a rien vu ni rien entendu. À vrai dire, personne ne l'a même mentionné de tout l'avant-midi. Même si c'est dangereux, elle va devoir forcer un peu les choses.

— Alors, tu l'as rempli? demande Audrey tout bas à une fille prénommée Rachel.

Elle dépose son plateau sur sa table habituelle.

— Rempli quoi? demande Rachel.

— Le cahier des vérités! répond Isabelle en face d'elle. Aux dernières nouvelles, la moitié des élèves de 1re secondaire avaient écrit dedans.

Depuis qu'elles l'ont lu ensemble dans les toilettes des filles, Isabelle parle du cahier comme si elle était une vraie experte.

— J'espère l'avoir bientôt.

Audrey sursaute en entendant la voix derrière elle.

C'est Maélie! Mais pourquoi dit-elle qu'elle espère l'avoir bientôt? Elle devrait déjà l'avoir eu!

— Tout le monde dit que c'est très amusant, dit Maélie en s'asseyant à côté d'Audrey.

Elle repousse une boucle blonde derrière son oreille. Pendant quelques secondes, Audrey reste sans voix. Elle avale le morceau de pomme qu'elle a dans la bouche et tente de croiser le regard de Camila. Il semble y avoir un problème majeur!

— Alors, euh... tu n'as pas encore écrit dedans? demande Audrey en prenant un ton désinvolte.

Camila paraît complètement absorbée dans la lecture de l'information nutritionnelle sur l'emballage de sa barre énergétique.

— Pas encore, répond Maélie en souriant. Mais j'ai hâte que mon tour arrive. Ce sera une excellente façon pour moi de mieux connaître tout le monde. Qui l'a en ce moment?

Audrey a la même interrogation dans les yeux tandis qu'elle fixe Camila. *Oui, qui l'a en ce moment?* Mais Camila ne la regarde pas. Lorsqu'elle a enfin terminé d'examiner l'emballage, elle fait comme si elle n'avait rien entendu de la conversation. Quand Audrey finit par établir un contact visuel avec elle, Camila la regarde d'un air absent.

— Quoi? demande-t-elle en jetant un coup d'œil par-dessus son épaule.

Audrey bondit de son siège et tire Camila par le bras. Celle-ci ne proteste pas quand elle la conduit vers les toilettes des filles les plus proches et qu'elle vérifie les cabines pour s'assurer qu'elles sont seules. Tout se bouscule dans sa tête. Camila aurait-elle pu se tromper de sac? Maélie a-t-elle rapporté son sac chez elle sans l'ouvrir?

— Quoi, est-ce que j'ai quelque chose entre les dents? demande Camila en inspectant ses dents d'un blanc éclatant dans le miroir géant.

— Non, répond Audrey. Tes dents sont parfaites.

Elle pousse un soupir exaspéré.

— Écoute, il faut que je sache si tu as mis le cahier des vérités dans le sac de Maélie. Il se trouvait sur le dernier banc quand on fait face aux portes extérieures. C'est le bleu vif qui...

— Hum... attends, l'interrompt Camila. Bleu...

Elle se gratte la tête d'un air perplexe.

— Est-ce bien la couleur de l'arc-en-ciel située entre le vert et le violet? demande-t-elle en prenant une voix d'écervelée.

Camila devient extrêmement sarcastique quand elle est irritée. Audrey l'a constaté des centaines de fois, habituellement quand sa meilleure amie était fâchée contre son frère, Auguste. Par contre, elle n'a pas l'habitude d'être la cible de ses sarcasmes.

— Bien sûr. Navrée. Je suis un vrai paquet de nerfs, dit Audrey pour s'excuser. Le cahier doit absolument se rendre au bon destinataire. Sinon, je pourrais avoir de gros ennuis.

— Ouais, il me semble avoir déjà entendu ça... probablement quand je t'ai prévenue de ce qui pourrait arriver.

Décidément, les sarcasmes pleuvent.

Pendant ce temps, la panique d'Audrey culmine. Elle a de plus en plus de difficulté à respirer. Camila a mis le cahier dans le bon sac, ce qui signifie que quelqu'un d'autre l'a sorti de là. Mais qui, et pourquoi?

Et, plus important encore : Où est le cahier maintenant?

Chapitre 12

Munie d'un billet pour aller aux toilettes, Audrey marche lentement le long de l'aile ouest de l'école. Le trajet jusqu'aux toilettes l'oblige à passer devant les fenêtres de deux classes de 1re secondaire. Chemin faisant, elle jette un coup d'œil à l'intérieur comme si de rien n'était. Dans le cours de sciences de M. Bernard, personne ne griffonne sous son pupitre. Tout est calme également dans le cours de français de Mme Bradette.

Pendant une seconde, Audrey croit avoir vu une note passer de Brigitte à Rachel, et elle espère que c'est un indice. Elle fait semblant de laisser tomber son crayon afin de pouvoir s'attarder un peu et y regarder de plus près. Mais quand elle s'arrête pour le ramasser, elle constate que l'objet blanc qu'elle a vu dans les mains des filles n'est en réalité qu'un mouchoir en papier.

Au cours suivant, Audrey lève encore la main pour aller aux toilettes. Heureusement, aucune de ses amies n'a le même cours qu'elle (y compris Camila, qui est dans le cours d'espagnol avec Maélie). Elle n'a donc pas à s'inquiéter d'avoir demandé deux permissions consécutives.

Cette fois, ce sera plus délicat de passer devant les autres classes de 1re secondaire. Il y a des toilettes tout près du local d'anglais. Si elle s'y rend directement, elle ne verra pas grand-chose. Audrey invente donc une histoire dans sa tête et file droit vers le vestiaire. Si on lui pose des questions, elle dira que les toilettes près de sa classe sont fermées pour entretien (ce qui est quand même plausible). Ce qui serait plus difficile à expliquer, c'est la raison pour laquelle elle fait un détour par le gymnase.

Dès qu'elle a franchi les portes battantes, Audrey entend des élèves crier et dribler. Un groupe de 2e secondaire a un cours d'éducation physique. Dans le vestiaire, des vêtements de filles sont éparpillés un peu partout. Audrey regarde sous les bancs et ouvre les casiers qui ne sont pas verrouillés. Rien. Si le cahier a été laissé ici, il est maintenant entre les mains des élèves de 2e secondaire. Pas idéal, mais ça pourrait être pire.

Pressant le pas en revenant du gymnase, Audrey traverse le large couloir et s'arrête à l'extérieur du secrétariat. Par la fenêtre carrée dans la porte, Audrey aperçoit le bureau de la secrétaire, où les élèves vont chercher des billets de retard. Derrière se trouve le bureau du directeur.

Le bureau de M. Simard est situé derrière une grande paroi vitrée. Le directeur peut baisser les stores pour plus d'intimité, ce qu'il fait lorsqu'il rencontre des parents en colère ou qu'il intervient dans une dispute. Aujourd'hui, les stores sont levés. Et quelque chose de vert repose sur son gros bureau en métal.

Audrey sent son cœur s'arrêter, immobile dans sa poitrine, puis se remettre à pomper comme une locomotive déchaînée. Elle reste là, bouche bée, figée, l'air affolé. M. Simard, en pleine conversation téléphonique, lève les yeux et lui adresse un drôle de regard derrière les panneaux de verre.

Audrey s'efforce de sourire. Elle essaie aussi de voir si le cahier qu'elle a aperçu est bien le cahier des vérités, mais il est trop loin, et elle ne veut pas que le directeur la voie reluquer ce qui se trouve sur son bureau.

Personne ne peut prouver que je l'ai commencé. Il n'y a que Camila qui le sait avec certitude. Mais ces mots censés la rassurer ne la réconfortent guère. De plus, elle est toujours debout devant le bureau comme une idiote. *Marchez,* ordonne Audrey à ses pieds. C'est à peine si elle maîtrise son corps. Des images horribles tourbillonnent dans son cerveau : elle se voit convoquée au bureau du directeur, mise en retenue, suspendue, renvoyée, *humiliée*. Elle imagine les élèves ricanant et les adultes agitant un doigt réprobateur… ses parents, M. Moquin, M. Marcotte… Et si elle était exclue de l'équipe de volley-ball?

Soudain, Audrey comprend que le sentiment de chaleur qui l'habitait lorsqu'elle était sous les feux de la rampe (cette fierté d'avoir été l'instigatrice d'un projet à succès) pourrait facilement se transformer en cuisante brûlure. Cela anéantirait ses chances de devenir l'amie de Maélie. Elle serait la fille qui a désobéi aux règles pour rien. Quelques lignes amusantes ne seraient plus drôles si elles tombaient dans de mauvaises mains. Michaël Nantel n'a-t-il pas admis dans le cahier des vérités avoir fabriqué des boulettes de papier hygiénique et inondé les toilettes? Et si tous les parents apprenaient que leurs filles restent debout *toute la nuit* pour regarder des DVD quand elles vont coucher chez Isabelle, les laisseraient-ils y retourner? Elle n'en sait rien. Ce qu'elle sait, en revanche, c'est que tout le monde la blâmerait. Et avec raison.

Audrey devient cramoisie, et ce n'est pas parce qu'elle court. *Il y a des tas de cahiers verts dans le monde. Celui qui se trouve sur le bureau du directeur n'est pas nécessairement le mien. Rien ne prouve qu'il soit au courant.*

Le cahier est probablement encore en circulation, et elle aura peut-être le temps de le trouver. Approchant de sa classe, Audrey jette un dernier coup d'œil dans un autre local, celui du cours d'espagnol.

Elle ne voit aucun cahier vert ni aucun élève qui semble cacher quelque chose sous son pupitre. Mais près de la fenêtre, elle aperçoit Camila et Maélie qui échangent des confidences. Son cœur palpite. *Peut-être que Camila la questionne à propos du cahier des vérités, ou qu'elle lui dit de regarder dans son sac de sport.*

Elle peut toujours compter sur Camila. Peut-être que les choses vont s'arranger après tout.

Durant le reste du cours d'anglais, Audrey se répète que Camila s'occupe de tout et, à la fin de la journée, elle en est convaincue. Son plan se déroulera comme prévu, car ce sera enfin le tour de Maélie d'écrire dans le cahier des vérités. Audrey obtiendra donc sa réponse. Et les trois filles deviendront amies pour la vie. C'est aussi simple que cela.

— Sais-tu si Maélie a le cahier? lâche Audrey à l'instant où Camila et elles peuvent se parler seule à seule dans l'autobus.

Camila secoue la tête. Elle a une mine sombre.

— Je ne lui ai pas posé la question, grommelle-t-elle.

Audrey voit bien qu'elle se fait du souci. Même si Camila lui a déconseillé de créer un cahier des vérités, sa meilleure amie ne voudrait jamais qu'elle ait des ennuis. Voilà pourquoi elle ne l'a pas encouragée à le

100

faire au départ! Maintenant, elle se sent probablement très mal de ne pas avoir réussi à remettre le cahier à Maélie. De son côté, Audrey se sent mal de lui avoir demandé de le faire.

— Hé, cessons de nous tracasser avec ça, dit Audrey.

Elle pose sa main sur l'épaule de Camila pour lui montrer qu'elle ne lui en veut pas.

— Ça n'a pas d'importance, ajoute-t-elle.

Lentement, Camila se tourne vers elle. Elle semble un tantinet plus gaie.

— Ah non? demande-t-elle.

— Non, confirme Audrey en secouant la tête. Personne ne peut prouver que c'est moi qui l'ai commencé.

Elle se penche vers Camila et poursuit sur le ton de la conspiration.

— J'espère seulement que le tour de Maélie viendra bientôt. Je meurs d'impatience de voir ses réponses!

Camila s'adosse brusquement contre le siège et soupire. Malgré les bons mots d'Audrey, elle paraît toujours contrariée. *Il lui faut du temps pour tout digérer,* se dit Audrey. Elle la pousse doucement du coude, mais Camila s'éloigne. Ça ne fait rien. Audrey décide de la laisser tranquille. Elle sait que Camila se sentira mieux quand le cahier aura été retrouvé.

Et elle aussi.

Chapitre 13

Le lendemain matin, Audrey est de nouveau angoissée. Toute la nuit, Audrey a rêvé que M. Simard lui faisait passer un test. Il s'agissait d'un de ces tests standardisés où les réponses doivent être inscrites au crayon HB n° 2. Une seule question se répétait sur toute la page : Est-ce toi qui as écrit le cahier des vérités? Et il n'y avait qu'une seule réponse possible : oui.

Audrey tente de se débarrasser de ce terrible sentiment qui l'habite. Elle ne peut rien faire d'autre qu'espérer que Maélie arrivera à la partie avec le cahier dans son sac...

Au moins, je n'ai pas d'autobus à prendre. Ce matin, son père la conduira à l'autobus de l'équipe qui, heureusement, ne partira pas sans elle.

Rassemblant ses affaires, Audrey se prépare rapidement. Jolie (enfin, dans la moyenne), elle n'a pas à se pomponner très longtemps. Pas de vilaines verrues ni de cicatrices à camoufler! Visage lavé, dents brossées, cheveux noués en queue de cheval, et la voilà prête.

Geneviève ronfle toujours lorsque Audrey passe devant sa chambre, et Dorothée, par miracle, dort aussi. Son père est assis seul à la table.

— Prête! annonce Audrey.

— Tu ne déjeunes pas?

Son père indique les trois derniers O qui flottent dans son propre bol de céréales.

— L'entraîneur a dit qu'il apporterait des bagels dans l'autobus. Ce n'est pas bon de trop manger avant la partie.

Audrey décroche son manteau et attend que son père nettoie son bol. Honnêtement, aussi attirante que soit la table sans toute la famille à servir, elle ne pourrait rien avaler même si elle le voulait.

À 8 h 30, la Volvo des Joubert entre dans le stationnement désert de l'école.

— Eh bien, il n'y a personne ici, fait remarquer le père d'Audrey. Tu es certaine que tu as une partie? Est-ce qu'on est au bon endroit?

Audrey laisse échapper un rire forcé. L'équipe de volley-ball se rejoint toujours au même endroit quand il y a une rencontre à l'extérieur. Et il y en aura une toutes les deux fins de semaine jusqu'à la fin de la saison.

— Bien sûr, papa. On est seulement un peu en

avance.

M. Joubert lève un sourcil.

— Toi? En avance?

Son père a raison, ça n'arrive pas tous les jours. *Si seulement Camila me voyait!* se dit Audrey alors que l'autobus s'engage dans le stationnement. *Je suis bel et bien en train d'attendre un autobus!*

— Je regrette qu'on ne puisse pas assister à la partie d'aujourd'hui, dit son père. Mais ta mère a un délai à respecter, et je dois me préparer pour ma conférence. Nous irons à la prochaine, c'est certain.

— Ça va, papa. Camila sera là. On se revoit tout à l'heure.

Audrey descend de la familiale, salue son père de la main et grimpe dans l'autobus. Elle marche droit vers son siège préféré et s'assoit, seule. Puisque Camila n'est pas là, elle a la place toute à elle, et c'est un peu ennuyeux. *Au moins, elle assistera à la rencontre,* pense Audrey. Après le cauchemar qu'elle a fait cette nuit, elle a grand besoin de voir sa plus grande admiratrice à la partie. Dommage que les partisans ne puissent pas monter dans l'autobus des joueuses.

De son siège, Audrey regarde les familiales et les fourgonnettes entrer et sortir du stationnement. Elles ne s'arrêtent que le temps de déposer une ou deux de ses coéquipières, ces dernières grimpant dans l'autobus en trottinant, chargées de sacs à dos et de sacs de sport.

Gloria, Elsa, Nora, Sara-Maude… elles sont toutes là.

Mais aucune trace de Maélie.

Et aucune trace du cahier des vérités.

Quelques filles manquent encore à l'appel quand M. Marcotte arrive avec les bagels.

Celui-ci étudie la liste des joueuses inscrites, sa planchette à pince dans une main et son café fumant dans l'autre.

— Encore quelques minutes et nous partons.

La gorge d'Audrey se serre. *Et si Maélie est en retard? Si elle est malade?* Il pourrait alors s'écouler des jours avant qu'Audrey puisse bien dormir de nouveau. Elle garde les yeux rivés sur la vitre, espérant apercevoir le sac bleu vif de Maélie.

Ce n'est pas facile d'ignorer le brouhaha qui règne dans l'autobus tandis que tout le monde se sert à manger. Il y a une énergie presque électrique dans l'air, et nul doute que ce sera une partie enlevante.

Une ombre plane soudain au-dessus d'Audrey; celle-ci lève les yeux et aperçoit Gloria penchée vers elle.

— Nerveuse? demande la capitaine, la gratifiant de son sourire mielleux.

Audrey ne s'était pas rendu compte qu'elle balançait son pied comme une déchaînée. Gloria pense probablement qu'Audrey est nerveuse à cause de la partie, et elle veut s'acquitter de son rôle de capitaine

105

en l'encourageant. Audrey s'empresse de sourire à son tour pour la rassurer.

— Non! répond-elle avec enthousiasme.

C'est un mensonge, mais en partie seulement. Car ce n'est pas la rencontre qui la rend nerveuse, comme Gloria le croit.

— Ça va, dit-elle en immobilisant son pied et en s'affalant sur son siège pour paraître détendue.

L'expression de Gloria ne change pas, mais elle semble satisfaite.

— Super, glapit-elle avant de reporter sa bonne humeur sur quelqu'un d'autre.

Elle se tourne vers Elsa et s'exclame :

— Oh, des glucides! Bon choix! C'est parfait avant une partie importante!

Audrey se pince les lèvres. *Hum, est-ce que ce n'est pas la raison pour laquelle l'entraîneur les a apportés?* Étrangement, Gloria a quand même réussi à la calmer, ne serait-ce que pour un instant, grâce à cette brève distraction. Mais Audrey se tourne de nouveau vers la fenêtre en écoutant la conversation de M. Marcotte avec le conducteur. Ils vont partir d'une seconde à l'autre!

Audrey a presque perdu espoir lorsque la mère de Maélie s'engage dans le stationnement. La nouvelle descend de la familiale, vêtue d'un anorak bouffant et luisant et portant son sac bleu. Elle file droit vers l'autobus.

— Salut, Maélie! lance Sara-Maude.

— Salut! répond Maélie d'une voix essoufflée.

— Dieu merci, tu es venue! ajoute Elsa.

L'air soulagé, Maélie adresse un sourire à ses coéquipières.

— On s'est réveillés en retard, explique-t-elle à l'entraîneur. Ma mère dit qu'on est probablement encore à l'heure de Vancouver!

— Content que tu sois là. Un bagel?

M. Marcotte lui en offre un au sésame, tartiné de fromage à la crème.

Maélie le prend avant de descendre l'allée.

Elle n'est qu'à trois rangées d'Audrey lorsque celle-ci saisit son manteau sur le siège et se glisse plus près de la fenêtre, laissant bien assez d'espace pour que quelqu'un puisse s'asseoir à côté d'elle. C'est une invitation, mais Maélie, après avoir croisé le regard d'Audrey pendant une seconde, se laisse tomber sur un siège vide à deux rangées de là et balance son sac sur le siège devant elle.

Le cœur d'Audrey se serre. Elle espérait qu'au moins, le sac de Maélie serait bien en vue au cas où elle aurait l'occasion d'y jeter un coup d'œil. Et, bien entendu, elle souhaitait ardemment que Maélie s'assoie avec elle.

Maélie bavarde déjà avec Nora, Tamara et Elsa lorsque l'autobus démarre et quitte le stationnement.

— Attends de voir les Carcajous, dit Nora en frémissant.

— Chose certaine, elles ont bien choisi leur mascotte, souligne Elsa.

— Pourquoi dis-tu ça? demande Maélie.

— Parce que les carcajous sont mignons jusqu'à ce qu'ils ouvrent la gueule!

Elsa dévoile ses dents pour faire plus d'effet.

— Elles ne sont pas mignonnes non plus quand elles nous bombardent de leurs smashs, renchérit Gloria de sa place à l'arrière de l'autobus.

Tout le monde rit. Audrey, elle, esquisse un sourire forcé. Maélie n'a même pas regardé dans sa direction depuis qu'elle est montée.

— Hé, n'oubliez pas que les Blaireaux sont assez malins aussi! intervient Sara-Maude.

Quelques acclamations accueillent sa remarque.

Maélie se retourne sur son siège pour faire face à ses camarades.

— Écoutez, tout le monde, il suffit de concentrer toute notre attention sur notre jeu. Oubliez les points négatifs et jouez de votre mieux.

Elle les fixe tour à tour en parlant; toutes, sauf Audrey. Son regard semble glisser sur elle sans s'arrêter. Quelque chose ne tourne pas rond.

Quand l'autobus arrive enfin à Sainte-Rose, Audrey a le trac et un mauvais pressentiment. Puisqu'elle ne faisait pas partie de l'équipe l'an dernier, elle n'a pas d'autre choix que de croire les filles quand elles répètent à quel point les joueuses de Sainte-Rose sont redoutables.

Elles se changent dans le vestiaire des garçons puisqu'elles font partie de l'équipe visiteuse. Lorsque toutes les filles sont prêtes, M. Marcotte les envoie faire deux tours d'échauffement sur le terrain. Les gradins du gymnase sont presque remplis. Audrey scrute les visages tandis qu'elle court, cherchant Camila dans la foule. Elle a besoin de sa meilleure amie pour lui faire une grimace ou une mauvaise blague afin de chasser son trac.

— Où est-elle? marmonne-t-elle tout haut.

— Qui? demande Elsa.

— Camila. Elle assiste à toutes les parties.

— Je croyais qu'elle n'aimait pas le volley-ball, observe Maélie qui court juste devant elles.

C'est la première chose qu'elle dit à Audrey aujourd'hui. Toutefois, elle ne se retourne pas.

Audrey a une boule dans la gorge. Elle ne savait pas que Maélie l'écoutait et, après avoir été ignorée dans l'autobus, elle est surprise de voir Maélie s'adresser à elle. De plus, comment Maélie sait-elle que Camila n'aime pas le volley-ball?

— Elle n'aime pas jouer, précise Audrey. Mais elle aime nous encourager. Et je crois qu'elle me porte bonheur.

Maélie se mordille la lèvre inférieure et jette enfin un coup d'œil vers Audrey.

— Tu devrais peut-être le lui dire.

Avant qu'Audrey puisse lui demander ce qu'elle entend par là, M. Marcotte donne un coup de sifflet. Les filles se rassemblent près du banc de l'équipe visiteuse pour les derniers conseils d'usage avant de sauter sur le terrain.

— Soyez sur le qui-vive, dit l'entraîneur. Et attention à leurs services! Ils sont rapides.

Les filles forment un cercle et placent leurs mains au centre, les levant et les baissant trois fois avant de terminer par leur cri de ralliement :

— Toutes ensemble!

Et la partie commence.

Audrey passe la première moitié de la rencontre sur le banc à ronger l'ongle de son pouce. Chaque fois que la porte du gymnase s'ouvre, elle se tourne vers le soleil brillant de cette journée d'hiver dans l'espoir d'apercevoir Camila. Mais son amie demeure absente.

Lorsque c'est son tour de prendre place sur le terrain, le trac d'Audrey est à son comble. La marque est de 12 à 12, et elle doit effectuer le service. Si ça continue, elle va être malade. Elle a besoin d'entendre Camila crier son nom dans les gradins, et tout de suite! Pour l'instant, la seule chose qu'elle entend est le bruit de sa propre respiration saccadée.

— Tu vas l'avoir, Joubert! l'encourage Gloria près du filet.

Mais elle ne l'a pas. Elle tape un grand coup dans le ballon, et celui-ci s'envole.

— À l'extérieur! s'écrie une fille avec une queue de cheval haute dans le camp adverse.

Elle s'écarte vivement comme si le ballon allait la brûler. L'arbitre siffle, et Audrey a de nouveau le ballon. Mais son deuxième service est encore pire. C'est un immense ballon de plage qui entre dans le territoire des Carcajous, qui ne tardent pas à faire un smash dans le camp des Blaireaux, ne leur laissant aucune chance.

— Reprends-toi, dit Maélie.

Elle est très sérieuse, cependant, et n'ébauche pas l'ombre d'un sourire.

Audrey tente de se souvenir de tout ce qu'elle a appris. Elle lance le ballon, le frappe et... cette fois, il passe par-dessus le filet avec une bonne vitesse. L'équipe adverse a du mal à le retourner... mais y parvient.

Le ballon voyage d'un camp à l'autre jusqu'à ce que Gloria l'envoie à l'extérieur. Les filles perdent le service. Audrey a perdu le service.

De l'autre côté du filet, les Carcajous exultent. Nora et Elsa n'ont pas exagéré en décrivant leur air suffisant. L'équipe de Sainte-Rose est constituée d'une bande de

111

mauvaises gagnantes. Elles sont douées. Odieuses, mais douées.

Audrey se fait davantage de souci pour ce qui se passe de son côté du filet. Elle a laissé tomber son équipe, et elle sent la déception s'installer. Si seulement Camila était parmi les spectateurs… Si seulement Maélie l'avait aidée un peu, la situation serait peut-être différente.

Finalement, les Blaireaux de Hubert-Hudon perdent par deux points. Deux points! *Les points que j'aurais dû marquer,* se dit Audrey en tapant dans la main des joueuses de l'autre équipe.

— Bon match, bredouille-t-elle en avançant dans la file de joueuses. Bon match. Bon match. Bon match.

Pour vous, peut-être, ajoute-t-elle en son for intérieur.

Lorsqu'elle grimpe dans l'autobus, Iris est déjà assise à côté de Maélie, et le sac bleu repose sous un siège. Toutes les deux, elles se servent d'un marqueur permanent noir pour dessiner sur les bords de leurs chaussures de sport. Elles ne lèvent même pas les yeux.

Audrey se glisse sur un siège vide derrière Nora et appuie les genoux contre le dossier d'en avant. Elle n'a pas envie de parler, ce qui semble faire parfaitement l'affaire des autres.

La sonnerie résonne une fois, deux fois, trois fois avant qu'Auguste décroche.

— Allô, dit-il dans un grognement.

— Euh, salut. Est-ce que Camila est là? demande Audrey.

Il est rare que le frère de Camila réponde au téléphone. Comme les Joubert, les Angelo ont un téléphone à afficheur. Auguste peut donc savoir quand l'appel est pour sa sœur, et il a l'habitude de simplement lui lancer l'appareil.

— Camila? répète Auguste comme s'il ignorait où se trouve sa sœur. Attends une seconde.

Il hurle dans le téléphone avant de le laisser tomber avec un bruit sourd :

— Camila!

Lorsque le bourdonnement s'arrête dans son oreille, Audrey croit entendre la voix de Camila en bruit de fond. Elle attend que son amie s'empare du téléphone. Mais c'est plutôt Auguste qui reprend l'appareil.

— Désolé, elle n'est pas là.

Et il raccroche avant qu'Audrey ait pu le faire.

Déçue, elle rapporte le téléphone dans la cuisine.

— Ça va? demande son père.

Il a des papiers éparpillés partout sur la table. Geneviève est là aussi, brassant avec une cuiller de bois le contenu des casseroles sur la cuisinière. Ce soir, ils mangent des spaghettis. Mais Audrey n'a pas faim et n'a pas le goût de faire la conversation.

— Ouais, soupire-t-elle.

Seulement, rien ne va plus. Elle se sent fragile et vulnérable, comme une alpiniste sur une falaise alors que la tempête se lève.

Geneviève étudie le visage de sa sœur. Ses sourcils arqués se froncent et ses lèvres enduites de rouge forment une moue. Elle considère Audrey longuement.

— Combien de temps avant le souper? demande-t-elle à son père sans quitter sa sœur des yeux.

Le regard intense de Geneviève rend Audrey nerveuse.

— Environ 20 minutes, répond leur père.

— Viens.

Geneviève laisse tomber la cuiller dans l'évier et prend la main d'Audrey.

— Laisse-moi te vernir les ongles.

chapitre 14

Lundi matin, les ongles d'Audrey sont bleu paon sublime, et son humeur est sublimement massacrante. Apparemment, Camila a été occupée toute la fin de semaine (en tout cas, trop pour la rappeler) et Audrey a passé des heures à broyer du noir à cause de sa contre-performance et du cahier des vérités disparu. Elle a besoin de parler à Camila!

Pour aggraver la situation, Camila ne se présente pas chez Audrey le matin, et elle n'est pas dans l'autobus non plus. Audrey s'assoit seule sur leur siège, se baissant le plus possible pour que Maélie et les autres filles de l'équipe ne la voient pas. Son plan fonctionne. Personne ne lui dit même bonjour.

Faites que Camila ne soit pas malade aujourd'hui, supplie Audrey en silence en grimpant péniblement les marches de l'école. *Faites qu'elle m'attende à notre casier.* Elle se dit que le frère de Camila l'a peut-être déposée en passant. Parfois, Auguste part plus tôt à l'école pour s'entraîner, pour une retenue matinale ou autre, et il arrive que Camila et Audrey montent avec lui. Généralement, Camila l'appelle pour l'avertir que son frère va les déposer. Mais ce matin, Geneviève a parlé au téléphone durant une éternité, et Audrey sait que sa sœur a l'habitude d'ignorer les appels en attente.

Lorsque Audrey tourne au bout du couloir, son cœur se serre. Camila n'est pas là. Il n'y a que des rangées d'élèves qui claquent la porte de leurs casiers. Pas de cheveux noirs comme du jais. Pas de regards ironiques. Pas de blagues du lundi matin pour dissiper son humeur maussade, qui vient encore de monter d'un cran. La perspective d'une journée complète sans sa meilleure amie la déprime complètement.

Audrey s'attarde à son casier après la première sonnerie, juste au cas où Camila surgirait. Elle empile ses livres dans le casier et s'apprête à refermer promptement la porte avant que tout s'écroule. Trop tard. Un cahier tombe sur ses souliers. Un cahier de notes vert. Le cahier des vérités!

— Le voilà! s'exclame Audrey tout haut.

Elle regarde autour d'elle pour s'assurer que personne ne l'a entendue. Tous ceux qui ne sont pas encore en classe se hâtent de s'y rendre. Personne ne lui prête attention.

Audrey ramasse rapidement le cahier et commence à le parcourir. C'est comme trouver de l'argent dans sa poche de manteau, ou gagner à la loterie, ou... C'est tout à fait inattendu, et c'est un immense soulagement.

À la sonnerie, Audrey ne bronche pas. Elle est occupée. En ce moment, elle se moque totalement d'être en retard. Elle a enfin récupéré le cahier des vérités, et, après un examen sommaire, elle confirme qu'il contient de nouvelles entrées.

Audrey soupire. Le cahier n'avait pas disparu, après tout. Quelqu'un l'avait et l'a rempli. Et selon toute évidence, ce quelqu'un est nul autre que... Maélie. Le cœur d'Audrey se met à battre la chamade. Toutes les nouvelles réponses ont été inscrites avec un marqueur permanent noir à pointe large, exactement comme celui que Maélie a utilisé dans l'autobus.

Elle l'avait durant tout ce temps. Alors pourquoi a-t-elle agi comme si ce n'était pas le cas? Audrey en a presque les mains qui tremblent. Les larges fentes dans le haut des casiers sont juste assez grandes pour que quelqu'un puisse y glisser le cahier. *Si c'est Maélie...* Elle aura sa réponse à la dernière page. Audrey se reporte à la ligne 37 pour voir le nom de la personne qui a écrit. Tout ce qu'elle y trouve, c'est un point d'interrogation géant. Elle feuillette ensuite le cahier jusqu'à ce qu'elle trouve la page, la raison qui l'a poussée au départ à créer ce cahier des vérités.

Elle lit dans le haut de la page, tracé de sa propre écriture : Audrey Joubert est... Une liste de réponses plutôt fades suit : *Sympa. Une fille. Super sympa! Un ange.*

L'encre à la ligne 37 a traversé les autres pages; Audrey, elle, a l'impression qu'un poignard lui traverse le cœur lorsqu'elle lit : Audrey Joubert est : *une amie nulle qui joue au volley-ball comme un pied.* Ce que Maélie pense vraiment est écrit noir sur blanc. Et c'est le pire cauchemar d'Audrey. La boule dans sa gorge grossit au point qu'elle n'est plus certaine de pouvoir respirer. Ses yeux piquent et sa vision se brouille. Elle a enfin sa réponse, et celle-ci est tellement plus difficile à accepter qu'un simple non.

Maélie n'a jamais eu l'intention de devenir son amie. Elle lui a probablement parlé uniquement dans l'espoir d'améliorer le jeu misérable d'Audrey, stratégie qui a manifestement échoué.

Essuyant son visage sur la manche de son chandail molletonné, Audrey refoule d'un battement de paupières les nouvelles larmes qui perlent dans ses yeux. Camila n'aurait pas pu choisir pire journée pour être absente. Quelle idée d'être malade aujourd'hui! *Moi aussi, j'aimerais bien être chez moi, malade.* Elle se sent terriblement mal. Elle a mal au cœur et à la tête. Tout ce qu'elle veut, c'est se retrouver dans son lit et se cacher sous les couvertures.

Audrey presse le cahier des vérités contre sa poitrine, balance son sac sur son épaule et se dirige lentement vers le secrétariat. Elle fixe ses chaussures chemin faisant et tente d'inventer une excuse. Les nausées sont toujours prises au sérieux, et c'est la vérité de toute façon. Elle a la tête qui cogne, mais si elle dit qu'elle a mal à la tête, l'infirmière la fera peut-être simplement s'allonger dans son bureau.

— Hé, Audrey!

Cette dernière relève brusquement la tête. Maélie se dirige vers Audrey, l'appelant et agitant la main.

— As-tu trouvé ton cahier des vérités?

Maélie est encore loin et doit presque crier pour se faire entendre; mais elle est suffisamment près pour qu'Audrey remarque qu'elle arbore un grand sourire. Isabelle marche avec elle (elle va probablement porter la feuille d'appel au secrétariat) et, lorsque Maélie mentionne le cahier, Isabelle glousse et lui donne un coup de coude pour lui indiquer de se taire.

Formidable. Audrey fait semblant de ne pas les voir et se réfugie dans les toilettes. Le rire d'Isabelle était sans équivoque. Audrey est convaincue qu'elles riaient d'elle. Et que dire de la façon dont Maélie l'a interpellée! Elle doit connaître la vérité au sujet d'Audrey et du cahier, et elle a probablement tenté de lui attirer des ennuis.

Audrey, les yeux rouges et bouffis, se regarde dans

119

le miroir et se demande pourquoi elle voulait être l'amie de Maélie à tout prix. Pourquoi la trouvait-elle si gentille? Pourquoi a-t-elle visé plus haut? Quelle idée avait-elle eu de vouloir être en première place, alors que sa place est toujours celle du milieu. Maintenant elle se retrouve en dernière place.

Chapitre 15

Dans le bureau de l'infirmière, la chaise en métal froide grince sur le plancher chaque fois qu'Audrey bouge. Mme Philibert, l'infirmière de l'école, l'observe comme si elle cherchait à déterminer si elle est réellement malade. Elle a vérifié sa température avant de la laisser appeler sa mère, et sa sympathie a semblé s'évanouir en voyant qu'elle n'avait pas de fièvre.

La mère d'Audrey a paru surprise de recevoir l'appel de sa fille. Il est encore si tôt qu'elle n'a eu que le temps d'aller reconduire Dorothée au jardin d'enfants.

— Oh, Audrey... Tu es sérieuse?

Audrey perçoit la contrariété dans la voix de sa mère. Pire encore, elle la sent, comme un énorme nuage noir planant au-dessus d'elle. Mais la réponse est quand même oui. Oui, elle se sent vraiment mal. Oui, elle veut rentrer à la maison. Oui, elle va certainement mourir si elle doit demeurer à l'école.

— D'accord. Je vais d'abord passer au bureau chercher du travail que je peux faire à la maison, puis j'arrive, dit sa mère. Tiens bon, ma chérie.

Dès que le ton de sa mère se radoucit, le sentiment de culpabilité d'Audrey se manifeste. Sa mère s'inquiète toujours de prendre du retard dans son travail, même lorsqu'elle n'a pas à rester à la maison avec une enfant malade (enfin... presque malade).

— Crois-tu qu'il faudra aller chez le médecin? demande-t-elle en écartant les cheveux du visage d'Audrey lorsqu'elles sont dans la voiture.

— Je crois que j'ai seulement besoin de sommeil, marmonne Audrey.

Elle s'affaisse dans son siège et s'efforce d'avoir l'air pâle.

Ce qui lui ferait le plus de bien, c'est de parler à quelqu'un, de vider son sac. Durant un moment, elle songe à raconter toute la vérité à sa mère. Puis elle aperçoit le portable dans son étui sur la banquette arrière ainsi qu'une pochette-classeur à côté. Le cellulaire de sa mère sonne, et celle-ci met son casque-micro avant de répondre. Elle peut oublier les confessions pour l'instant. De plus, si elle révèle à sa mère ce qui se passe réellement, elle se retrouvera dans le pétrin autant à la maison qu'à l'école. Elle doit donc se débrouiller seule.

Une fois à la maison, Audrey monte tout droit dans sa chambre. Elle se met au lit sans même enlever ses chaussures et fixe le plafond. Quelques minutes plus tard, on frappe à la porte.

— As-tu besoin de quelque chose? demande sa mère en s'approchant d'elle pour venir lui toucher le front.

Oui! voudrait crier Audrey. *J'ai besoin de disparaître au fond d'une caverne et d'y rester un mois! J'ai besoin de déménager dans une nouvelle ville. J'ai besoin de Camila!* Mais elle sait qu'elle ne pourra rien obtenir de tout ça, et que sa mère doit travailler.

— Non, merci. Je vais simplement me reposer.

Sa mère remonte les couvertures jusque sous son menton et lui tapote le bras.

— Je serai en bas s'il y a quoi que ce soit.

Audrey écoute le bruit de ses pas qui s'éloignent dans le couloir. Dès qu'elle est certaine d'être toute seule, elle sort le cahier des vérités de son sac à dos. Commençant par la première entrée de la première page, Audrey le lit du début à la fin. Mais comme prévu, même les réponses amusantes ne lui paraissent plus aussi drôles maintenant. Elle perçoit quelques piques subtiles dans de nombreuses réponses, et pas seulement dans l'impitoyable critique qui lui est adressée. Lorsqu'elle atteint sa page, sa vue s'embrouille et les mots tournoient devant ses yeux. Elle ne sait trop pourquoi elle s'impose cela, mais elle relit la réponse.

Une amie nulle…

La gorge d'Audrey se serre.

… qui joue au volley-ball comme un pied.

Elle a la tête qui tourne. Elle n'a pas vu venir le coup bas de Maélie, pas du tout. Elle ne peut pas croire qu'elle trouvait Maélie si gentille. Elle regrette d'avoir eu l'idée de commencer un cahier des vérités. Elle a voulu se faire une amie et se retrouve avec une ennemie. Sa stratégie s'est totalement retournée contre elle.

Audrey a dû s'endormir, car lorsqu'elle roule sur le côté, il est presque 15 h 30 et Geneviève se tient dans l'embrasure de la porte.

— Qu'est-ce qui t'est arrivé? demande sa sœur.

Elle recule d'un pas, alarmée devant les yeux bouffis et les cheveux ébouriffés d'Audrey. Elle plisse les yeux et se penche.

— Oh, fait-elle à voix basse. Ne me dis pas que tu t'es fait ramasser.

Audrey ne dit rien. C'est inutile. Geneviève aperçoit le cahier qui dépasse de sous son oreiller et entre dans la chambre, refermant la porte derrière elle.

— C'est très méchant? demande-t-elle.

— Jette un coup d'œil, répond Audrey d'un air hébété.

Geneviève fait glisser le cahier vers elle et commence à le feuilleter. Dans un geste d'impatience, Audrey s'en empare, trouve la terrible page et redonne le cahier à sa sœur. Elle la regarde lire les réponses.

— Ce n'est pas si mal... commente Geneviève.

Puis elle atteint le numéro 37 et tressaille.

— Qui a écrit ça?

Elle consulte la page de noms à la fin et suit la liste du doigt jusqu'au numéro 37 et son point d'interrogation.

— Maélie. La nouvelle, répond Audrey.

Son regard s'attarde sur le point d'interrogation arrondi.

— Du moins, je le crois.

— Sale coup, conclut Geneviève en secouant la tête pour exprimer sa sympathie.

Pour une grande sœur effrontée, Geneviève se montre très gentille. Pourtant, Audrey l'entend à peine. Elle vient de remarquer quelque chose qui lui est familier sur le point d'interrogation du numéro 37, une certaine petite fioriture à une extrémité. Audrey l'a déjà vue un million de fois avant... sur des notes, des cartes, des lettres, des devoirs...

Et subitement, Audrey comprend tout. Elle tente de respirer, mais n'y arrive pas. Elle éprouve la même sensation que lorsque l'on tombe de la cage à grimper, qu'on atterrit sur le dos et qu'on ne peut plus respirer. Elle a eu le souffle coupé net... par sa meilleure amie.

chapitre 16

Audrey arrache le cahier des mains de sa sœur, retourne à la réponse cruelle et examine l'écriture. Elle voit bien que Camila a essayé de déguiser son écriture. Mais quelques traits caractéristiques (les fioritures, le point ouvert sur chaque i, sa façon de tracer ses e) l'ont trahie.

— Mais pourquoi ma meilleure amie écrirait-elle des choses aussi affreuses sur moi?

— Ta quoi? demande Geneviève, manifestement déconcertée. Je croyais que c'était Maélie.

Audrey secoue la tête tandis que les larmes jaillissent de ses yeux.

— C'est Camila. Je viens de le découvrir... à cause de son écriture, murmure-t-elle.

Geneviève l'entoure d'un bras réconfortant.

— Est-ce que je t'ai déjà dit ce qui s'est passé quand j'ai créé un cahier des vérités? demande-t-elle doucement en s'assoyant sur le bord du lit d'Audrey.

Celle-ci relève vivement la tête.

— Tu as créé un cahier des vérités?

Geneviève se mordille la lèvre inférieure.

— Oui, admet-elle. J'étais en 1re secondaire et je m'ennuyais à mourir. Je voulais faire bouger les choses un peu. J'en ai donc commencé un avec ma meilleure amie d'alors, Joëlle.

Audrey attend, fébrile, que sa sœur poursuive. Elle se souvient bien de Joëlle, qui a passé beaucoup de temps chez les Joubert à une certaine époque. Mais ça fait longtemps qu'Audrey l'a vue ou a même entendu son nom.

— Tout s'est très bien passé pendant environ deux jours. Puis les gens se sont mis à être moins gentils. Une fille, Myriam Savaria, a été tellement bouleversée qu'elle n'est pas venue à l'école pendant une semaine. Sa mère a tout raconté à M. Simard à propos du cahier, et il a exigé qu'on le lui remette immédiatement. J'ai eu beaucoup de chance, car personne ne m'a dénoncée. N'empêche que les cahiers des vérités sont interdits à Hubert-Hudon depuis. Joëlle a tout mis sur mon dos. On ne s'est pas parlé pendant un mois, et les choses ne sont jamais véritablement revenues comme avant.

Audrey renifle.

— Je devrais donc remercier le ciel que le cahier ne se soit pas retrouvé au bureau de M. Simard.

Elle se sent tellement stupide maintenant, et se demande comment elle a pu penser que c'était une bonne idée de lancer un cahier des vérités.

— Courage, Joubert, ajoute Geneviève avec le sourire. Camila est ta meilleure amie depuis toujours, ce n'était pas notre cas, à Joëlle et moi. Tout va s'arranger entre vous deux.

Audrey voudrait bien la croire, mais elle sait que ce serait trop beau. Comment pourra-t-elle pardonner cela à Camila? Exténuée, rompue, elle n'a plus envie de parler. Elle fait de son mieux pour sourire et marmonne :

— Oui, peut-être.

Audrey se tourne et se retourne dans son lit durant toute la nuit, ses pensées se bousculent dans sa tête. Au début, elle est furieuse et se sent profondément trahie. Mais plus elle reste allongée là à réfléchir, plus elle comprend ce qui a poussé Camila à agir ainsi, et pourquoi elle est en colère contre elle. Depuis l'arrivée de Maélie à Hubert-Hudon, Audrey a presque oublié ce que c'est que d'être une bonne amie.

D'abord, elle a complètement loupé leur séance de magasinage au centre commercial. Elle n'a même pas dit à Camila où elle se trouvait réellement pour excuser son absence! Elle était si préoccupée qu'elle n'a pas cherché à savoir quel était le secret que Camila voulait lui confier. Elle n'a pas pris le temps de l'écouter parce qu'elle était trop obsédée par le cahier des vérités. Sans compter tout le plat qu'elle a fait de l'arrivée de Maélie! Audrey se sent rougir dans l'obscurité de sa chambre. Quand on met tout cela ensemble, Camila a bien le droit d'être fâchée. Sa meilleure amie l'a complètement laissée tomber.

Ce n'est que lorsque son réveil sonne qu'Audrey se rend compte qu'elle s'était endormie. Épuisée, elle repousse les couvertures et s'assoit. Elle a le sentiment qu'aujourd'hui ne sera guère plus rose qu'hier, mais elle ne peut pas y échapper. Après avoir enfilé le premier jean qu'elle trouve dans son tiroir ainsi qu'un tee-shirt à manches longues, elle descend l'escalier en trébuchant.

— Oh, parfait, tu es debout, dit sa mère en déposant une assiette d'œufs brouillés et de rôties devant Geneviève.

Elle s'approche d'Audrey et l'embrasse sur le front.

— Est-ce que tu te sens mieux?

— Oui, ment Audrey en se glissant à sa place.

— Tu as bonne mine pour une fille malade, fait remarquer Geneviève. Tiens, mange pendant que c'est chaud.

Elle dépose son assiette sur le napperon d'Audrey.

— Veux-tu du jus?

Audrey parvient à faire un sourire à sa sœur aînée.

— Oui, merci.

— Mon jus, propose Dorothée en brandissant sa tasse à bec légèrement visqueuse devant le visage d'Audrey.

— Non, merci Dorothée, répond Audrey en plongeant sa fourchette dans les œufs fumants. Bois-le, toi.

Audrey mange tout son petit déjeuner (chaud, en plus) sans être interrompue, et apporte son assiette à l'évier. Elle embrasse sa mère sur la joue avant de se précipiter dans le vestibule. Elle enfile son manteau, hisse son sac à dos sur son épaule et sort dans le froid d'hiver.

Brrrr, se dit Audrey qui fait craquer la neige sous ses pas en descendant l'allée. Il fait froid aujourd'hui. Elle sent sa tuque au fond de sa poche, mais ne se donne pas la peine de la mettre. Elle marche en frissonnant jusqu'au trottoir et garde les yeux fixés sur la mince couche de neige tombée la veille. Elle reconnaît les bottes de Camila non loin de là sur le trottoir, mais elle s'oblige à ne pas regarder son amie.

Mon ex-amie, se corrige Audrey en espérant que l'autobus arrive bientôt. *Après la façon dont je l'ai traitée, je ne mérite pas de l'appeler mon amie.* Elle souhaiterait plus que tout au monde qu'il y ait un moyen d'arranger les choses; mais d'après ce que Camila a écrit, il est trop tard. Camila la déteste maintenant. Et personne ne sait mieux qu'Audrey combien Camila met du temps à changer d'idée, et cela, quand elle veut bien changer d'idée. Combien de temps avant qu'elle digère tout ça? Cela pourrait durer une éternité.

Quand elle n'en peut plus, Audrey jette un coup d'œil furtif à son ex-amie. Camila a l'air misérable. Ses yeux bruns sont cernés et elle fixe le sol d'un air renfrogné. Cela aurait pu être une consolation pour Audrey, mais elle se sent encore plus mal.

Enfin, l'autobus tourne au coin de la rue et avance en grondant jusqu'à leur arrêt. Audrey se dirige tout droit vers le bord du trottoir et, étonnamment, elle est la première à monter dans l'autobus. Elle s'assoit sur le siège juste derrière la conductrice et se glisse jusqu'à la fenêtre alors que les autres élèves montent à la queue leu leu, inconscients de son malheur.

Audrey regarde par la vitre. Tout est si beau avec ce manteau de neige blanche et duveteuse. La blancheur de la neige contraste avec sa noirceur intérieure, ce qui la met encore plus en évidence.

Tandis que l'autobus roule dans la rue, Audrey contemple les maisons et les voitures qui défilent en essayant de ne pas écouter la conversation derrière elle. Mais c'est presque impossible.

— Avez-vous lu le moment le plus embarrassant d'Antoine Percy? demande en riant un garçon prénommé Bastien.

— Ouais, répond Liam, un autre garçon de 1re secondaire. Tout le monde sait que sa sœur lui a peint les ongles d'orteils en rose pendant qu'il déjeunait en sandales de plage.

— Sérieux? demande Manu.

— Tout à fait sérieux. Je l'ai vu dans le cahier des vérités l'autre jour.

Liam est convaincu.

— Ce truc est génial, dit Manu. J'ai tellement hâte de mettre la main dessus et d'écrire mes propres réponses...

Tu peux oublier ça, dit Audrey intérieurement au moment où l'autobus s'immobilise brusquement devant l'arrêt de Maélie. Audrey tourne aussitôt le dos à l'allée et concentre toute son attention sur les traces de pneu des voitures dans la neige.

Mais c'est une précaution inutile. Elle entend Maélie secouer ses bottes en montant dans l'autobus et, du coin de l'œil, la voit s'engager dans l'allée comme si Audrey n'était même pas là. Se laissant glisser jusqu'à ce qu'elle soit complètement cachée par le dossier du siège, Audrey contemple le plafond. En une semaine à peine, sa popularité est passée de moyenne à nulle.

Audrey est officiellement devenue invisible.

Chapitre 17

Audrey se lève avant même que l'autobus s'arrête devant l'école Hubert-Hudon. Son sac à dos sur l'épaule, elle grimpe les marches de l'école deux à la fois. Elle ne s'arrête pas non plus dans l'entrée de l'immeuble, et n'emprunte pas le trajet habituel pour se rendre au casier qu'elle partage avec Camila. Elle pique un sprint dans l'escalier jusqu'aux toilettes des filles au bout du couloir.

J'ai vraiment envie, se dit-elle en entrant dans une cabine et en poussant fermement le loquet. Elle ne se cache pas dans les toilettes, pas du tout. Elle n'a tout simplement pas envie de voir un tas de gens (ou deux personnes en particulier) pour l'instant.

La porte s'ouvre et deux filles entrent dans la pièce. Audrey reconnaît immédiatement leurs voix et soulève les pieds.

— Où est passée Audrey ce matin? demande Nora. Je ne l'ai pas vue dans le couloir.

— *Je ne sais pas,* répond Isabelle en ouvrant le robinet. Elle n'était pas dans l'autobus non plus.

Si, j'y étais! voudrait crier Audrey. *Tu ne m'as pas vue parce que je suis invisible!*

— Je veux lui dire qu'il me faut le cahier des vérités dès que possible. Les amis devraient avoir la priorité, tu ne penses pas?

Isabelle rit.

— J'imagine que j'ai eu de la chance de l'avoir au début. Mais ne t'en fais pas, ton tour viendra. Et plus tard tu l'auras, plus il sera amusant!

Audrey est tentée de sortir de la cabine et d'interrompre la conversation avec une nouvelle éclair : le cahier des vérités est complètement, totalement terminé! Cependant, elle ne veut pas faire de scène. De plus, elles la considèrent comme leur amie, et ce n'est pas leur faute si elle a créé un cahier aussi stupide pour une raison aussi stupide. Elle attend donc patiemment jusqu'à ce que les toilettes soient désertes et sort de la cabine pour se laver les mains. Le temps de se sécher les mains et la deuxième sonnerie retentit. Audrey est en retard.

Elle ouvre tout grand la porte, s'élance dans le couloir qui mène à sa classe et prie en silence pour que M. Moquin soit d'une humeur décente. Par chance,

M. Moquin est encore plus en retard qu'Audrey et n'est même pas encore là. Mais tous les élèves sont déjà assis à leurs pupitres, face à face, dans le cercle géant. Et la seule place libre est celle où Audrey s'assoit toujours, juste à côté de Camila.

Encore un autre plan qui se retourne contre elle. Audrey était tellement occupée à éviter de croiser Camila à leur casier qu'elle a complètement oublié que tout le monde laisserait une place libre à côté d'elle, surtout au premier cours!

Le visage enflammé, Audrey se dirige vers son pupitre et s'assoit aussi vite que possible. Camila fait semblant de chercher quelque chose dans son sac, tournant le dos à son ancienne meilleure amie.

— Voilà notre héroïne, murmure Tristan Maheu en effaçant son 200e dessin sur un autre pupitre sale.

Tristan est l'un des rares élèves qui changent régulièrement de place, profitant ainsi de nouveaux pupitres pour s'adonner à son art.

Il adresse à Audrey un sourire en biais.

— Ton cahier des vérités est extraordinaire, la complimente-t-il.

À côté d'elle, Camila s'étrangle de rire.

Audrey ne dit rien. Que pourrait-elle répondre de toute façon? Le cahier des vérités a détruit sa plus grande amitié.

Pourtant, elle et Camila semblent être les seules à ne

plus voir le cahier des vérités d'un bon œil. Tout l'avant-midi, les élèves félicitent Audrey pour sa création. Même de parfaits étrangers la complimentent dans le couloir. Les élèves rient ensemble des entrées les plus drôles. Presque tout le monde pense que le cahier des vérités est absolument extraordinaire.

Pourquoi les autres ne s'aperçoivent-ils pas qu'à la fin, les cahiers des vérités finissent toujours par blesser les gens?

Audrey ne se donne même plus la peine de nier qu'elle a écrit le cahier. Au point où elle en est, la suspension ne lui paraît pas si épouvantable. Par contre, elle fait son possible pour ne pas se faire remarquer. Toute l'attention qu'elle recherchait, et qu'elle a obtenue, la rend encore plus mal à l'aise.

Grâce à une planification minutieuse, elle réussit à ne pas croiser Camila à leur casier. Le problème, c'est qu'au fond elle ne veut pas vraiment éviter Camila. Elle souhaite plutôt que Camila lui dise sa façon de penser; Audrey a besoin d'entendre la vérité et de savoir à quel point elle s'est montrée odieuse. De tout son être, elle souhaite se réconcilier avec Camila. Mais c'est impossible...

Vraiment? Les paroles de Geneviève lui reviennent à l'esprit. *Tout va s'arranger entre vous deux.* Sa grande sœur pourrait-elle avoir raison?

Pendant la quatrième période, Audrey examine les

possibilités qui s'offrent à elle. Elle peut demander à ses parents de la changer d'école ou faire semblant qu'elle souffre d'une terrible maladie contagieuse. De bons choix en comparaison de la souffrance qu'elle endure à Hubert-Hudon avec son ex-amie. Mais peu importe comment elle examine tout ça, la conclusion est toujours la même, elle passera le reste de sa vie sans Camila.

À l'heure du dîner, Audrey est prête à présenter ses excuses à Camila. Elle est même prête à la supplier. À l'implorer. À ramper. Elle fera ce qu'il faut pour reconquérir son amitié. Elle prendra même le risque de voir Camila l'enguirlander devant toute l'école.

Peut-être qu'elle lui pardonnera... dans un an ou deux, se dit Audrey, pleine d'espoir. En entrant dans la cafétéria, elle cherche Camila des yeux. Lorsqu'elle la repère dans la file, elle en perd le souffle.

Camila se tient à côté de Maélie au début de la file, et leurs têtes sont tout près l'une de l'autre comme si elles se parlaient à voix basse. La gorge d'Audrey se serre et ses yeux s'emplissent de larmes. Aussitôt, elle repense à la fois où elle les a vues au cours d'espagnol. Ce jour-là, Camila était probablement en train de tout lui raconter à propos du cahier des vérités, lui révélant du même coup quelle pitoyable amie Audrey était. C'est clair comme de l'eau de roche qu'elles échangent encore d'autres secrets, probablement à son sujet, et que ni l'une ni l'autre n'a besoin d'elle comme amie.

Audrey reste plantée comme une statue dans l'entrée de la cafétéria. Elle ne peut détacher son regard de Camila et Maélie. Elles remplissent leurs plateaux de nourriture en riant toutes les deux et les déposent sur leur (sa) table habituelle. Elles sont si près l'une de l'autre que leurs épaules se touchent presque.

Une vague de tristesse submerge Audrey et la pièce semble bouger. Elle ordonne à ses jambes d'avancer. Pivotant sur ses talons, elle traverse le couloir et parvient à se rendre au vestiaire malgré sa vue trouble. Elle s'assoit dans le coin le plus éloigné de la porte, retire le cahier des vérités de son sac et l'ouvre à la page de la malheureuse entrée. Elle a quelque chose à ajouter.

Audrey sort un stylo de son sac et, sous la rubrique Audrey Joubert est..., elle inscrit : *Sincèrement, sincèrement désolée.*

Elle marche vers la porte, l'ouvre d'un coup sec et jette le cahier dans l'énorme poubelle qui se trouve dans le couloir.

Puis elle retourne sur le banc du coin et fond en larmes.

Chapitre 18

Audrey cligne des yeux et tente de voir l'horloge au-dessus de la porte à travers ses larmes. Les aiguilles ne sont que des ombres noires floues, mais elle les distingue suffisamment pour confirmer que l'heure du dîner tire à sa fin. Il lui reste environ huit minutes pour se ressaisir.

Tu ne peux pas te déclarer malade encore une fois, se dit-elle en s'essuyant le nez sur sa manche. Dégoûtant, mais plus facile que de se lever pour aller chercher un mouchoir en papier.

Audrey fixe le trait humide sur sa manche lorsque la porte du vestiaire s'ouvre. Fermant les yeux et s'adossant contre un casier, elle espère que son don d'invisibilité fonctionne toujours, ou que quiconque vient d'entrer la laissera tranquille.

C'est peine perdue.

— Te voilà! s'exclame Maélie en s'approchant. Je te cherchais partout.

Ça y est.

Audrey se prépare mentalement à l'attaque tandis que Maélie s'assoit à côté d'elle. La « gentille » nouvelle à Hubert-Hudon est sur le point de dire à Audrey quelle ordure elle est en réalité.

Audrey s'efforce de respirer normalement (inspire, expire... inspire, expire), mais elle sent la panique la gagner. Il ne fait aucun doute que Camila a tout raconté à Maélie : la façon ignoble dont elle l'a traitée, son désir maladif de devenir amie avec Maélie parce qu'elle était nouvelle, et même son plan de créer un cahier des vérités rien que pour savoir ce que Maélie pensait d'elle. Car même si, comme elle aurait dû le faire, Audrey n'a jamais avoué la vérité à Camila à propos du cahier, cette dernière a probablement vu clair dans son jeu. Elle n'est pas bête.

Audrey ouvre les yeux, mais n'a pas le courage de regarder Maélie. Elle expire lentement. Son plan si astucieux semble drôlement bête maintenant, pour ne pas dire carrément catastrophique.

— Camila m'a fait promettre de ne rien dire, commence Maélie. Mais les secrets, ça n'a jamais été mon fort.

Audrey tourne la tête, perplexe. Camila serait-elle restée loyale envers elle?

— Et je vois bien que cette histoire vous déchire.

C'est le moins qu'on puisse dire, pense Audrey.

— Alors, je veux seulement te dire que Camila a réellement besoin de toi en ce moment, dit Maélie d'une voix douce.

Son ton n'est pas accusateur; elle pose sa main sur l'épaule d'Audrey et poursuit :

— Je brûlais d'envie de te le dire samedi, et j'ai eu peur de céder si je m'assoyais avec toi dans l'autobus. C'est pour cela que je t'ai un peu ignorée. Navrée.

Audrey regarde Maélie droit dans les yeux maintenant. Et elle doit avoir l'air assez hébétée, car Maélie glousse.

— Désolée. Encore une fois. Je bafouille quand je suis nerveuse. Je me mêle de ce qui ne me regarde pas, mais voilà, explique Maélie.

Elle fronce les sourcils, et son expression devient extrêmement sérieuse.

— Camila a besoin de savoir que tu ne la laisseras pas tomber, quoi qu'il arrive.

— Mais de quoi est-ce que tu parles? lâche Audrey en essuyant ses larmes.

— Je veux dire, si elle doit déménager.

— Déménager? Déménager où? Pourquoi devrait-elle déménager?

Juste à ce moment, la porte s'ouvre une deuxième fois, et Camila surgit dans le vestiaire. Elle a les yeux rougis et barbouillés, et son sac à dos a glissé sur son épaule. Elle a le cahier des vérités dans une main, et il est ouvert à LA page fatidique. Audrey voudrait rentrer sous terre.

— Je suis désolée aussi! déclare-t-elle, les yeux remplis de larmes. Je suis désolée de ne t'avoir rien dit au sujet de ma mère! J'attendais que tu me questionnes, mais...

Audrey sent les larmes lui monter aux yeux pour ce qui lui semble la 100e fois aujourd'hui. Pourtant, elle est toujours perplexe. Et inquiète. Est-il arrivé quelque chose de terrible à la mère de Camila?

— Te questionner à propos de quoi?

Maélie intervient.

— Sa mère a perdu son emploi, explique-t-elle.

— Tu te souviens de ce conseil de famille? demande Camila. Eh bien, ça n'avait rien à voir avec l'incapacité d'Auguste à rincer la vaisselle. Ma mère nous a appris qu'elle avait été congédiée. Elle a fait des demandes d'emploi, bien sûr, mais...

Camila renifle.

— La plupart sont loin d'ici, termine Maélie à voix basse.

— Oh, Camila!

Audrey bondit et se jette au cou de son amie. Elle ne peut pas imaginer la vie sans Camila. Qui la ferait rire? Qui veillerait à ce qu'elle ne manque pas l'autobus? Qui trouverait ses fautes de maths?

— Je suis tellement désolée!

Camila la serre fort dans ses bras.

— Je voulais t'en parler, dit-elle en reniflant de nouveau. C'est vrai. Mais tu étais tellement excitée à cause de ton cahier des vérités. Puis j'ai commencé à croire que ça ne te dérangerait même pas que je doive déménager.

Elle lance un regard vers Maélie.

— Tu te faisais déjà de nouvelles amies...

Audrey secoue la tête. Elle comprend que Camila ait pu penser ça, même si ce n'est pas vrai.

— Bien sûr que ça me dérangerait! s'exclame Audrey à travers ses larmes tout en enlaçant Camila pour la seconde fois. Tu es ma meilleure amie au monde depuis toujours!

Chapitre 19

— Je ne peux pas croire qu'il nous faut des billets de retard, dit Audrey en se dirigeant vers le secrétariat.

Bras dessus, bras dessous, le trio marche d'un même pas, Audrey au milieu. Elle se sent comme si elle avait aspiré un seau d'eau de piscine par le nez : plutôt lessivée, vidée et un peu dans les vapes. Mais elle est tellement heureuse que tout se soit arrangé entre elle et Camila, et que, au bout du compte, elle soit devenue amie avec Maélie, qu'elle se moque pas mal d'avoir le visage en feu, et la mine bizarre et chiffonnée.

— Tout est si tranquille, souffle Maélie en promenant son regard sur le couloir désert.

Leurs pas résonnent tandis qu'elles marchent côte à côte.

— Seuls les délinquants flânent dans les couloirs quand ils devraient être en classe, dit Camila en rigolant.

— Alors, je suppose que ça fait de nous... des contrevenantes, dit Maélie d'un air entendu.

Camila jette un coup d'œil furtif autour d'elle.

— D'autant plus qu'on a l'instigatrice d'un cahier des vérités dans nos rangs, chuchote-t-elle.

Maélie lance un regard vers le cahier qui se balance dans sa main libre.

— Je ne peux pas croire que tu as écrit ce truc rien que pour savoir si je t'aimais bien, dit-elle.

Audrey sent son visage devenir cramoisi.

— Eh b-b-bien... bredouille-t-elle, je...

— Est-ce que ce n'était pas évident que j'essayais de devenir ton amie? Tu as été la première personne à me sourire dans l'autobus. De plus, on est dans la même équipe de volley-ball. En fait, j'ai pensé que peut-être tu n'aimais pas que je te donne autant de conseils. J'ai cru que peut-être tu ne voulais pas être *mon* amie.

Audrey s'arrête net.

— Oh, non, dit-elle. J'ai apprécié tous tes conseils. Ils m'ont beaucoup aidée! Et j'ai su dès que je t'ai vue que je voulais être ton amie.

— C'est vrai, confirme Camila. Elle était folle de toi avant même de connaître ton nom! Je la trouvais cinglée d'être gaga pour la nouvelle rien que parce qu'elle était nouvelle, justement. Je ne me doutais pas que tu saurais si bien m'écouter. *Gracias, mi amiga.*

Maélie laisse échapper un petit rire nerveux.

— *De nada*, répond-elle, faisant fi du compliment. J'ai su tout de suite, en vous voyant assises à ma place préférée dans l'autobus, Camila et toi, qu'on s'entendrait bien toutes les trois.

Audrey est abasourdie par ces confidences. Elle avait tellement peur que Maélie ne l'aime pas, et Maélie redoutait la même chose! Elle a passé tout ce temps à se tracasser et à délaisser sa meilleure amie pour aucune raison. Maintenant, son rêve est devenu réalité : les trois amies sont réunies.

— Je ne peux pas croire que j'étais tellement obnubilée par ce satané cahier des vérités que j'ai failli t'oublier, dit-elle en serrant très fort le bras de Camila.

Cette dernière hausse un sourcil.

— Tu me promets de ne plus jamais m'oublier? demande-t-elle.

Elle lève le petit doigt pour inviter ses amies à le serrer; les trois filles s'exécutent, scellant ainsi leur pacte.

— Pas même si tu déménages à Vancouver! promet Audrey.

— Ne dis pas ça! s'exclame Camila. C'est ma plus grande crainte.

— C'est angoissant de déménager, confirme Maélie. Ooooh… mais si jamais tu déménages à Vancouver, tu vas A-D-O-R-E-R ma meilleure amie, Cora.

Elle est tellement emballée par cette éventualité qu'elle se met à gambader. Puis soudain, elle s'arrête.

— Hé, je viens d'avoir une idée géniale, chantonne-t-elle en brandissant le cahier des vérités. Je n'ai qu'à lui envoyer ça, et elle saura tout de ma nouvelle vie ici.

Audrey jette un regard mauvais au cahier à spirale à cause duquel elle s'est elle-même retrouvée prise dans une spirale de problèmes.

— J'ai une meilleure idée. Remettons-le là où il sera enfin utile.

Maélie et Camila sourient, et les trois filles s'arrêtent devant le bac à recyclage placé dans le couloir. D'un geste solennel, Maélie remet le cahier des vérités à Audrey, qui le prend et le jette au fond du bac.

— Pour de bon, cette fois, conclut-elle, souriante.

Les amies d'Audrey acquiescent d'un signe de tête avant de répéter :

— Pour de bon.

F I N